135mm F2.8 1/300s ISO200

U0124979

300mm F16 1/60s ISO400

100mm F4 1/280s ISO200

24mm F8 1/70s ISO200

100mm F4 1/200s ISO400

180mm F2.8 1/100s ISO400

35mm F8 1/300s ISO200

120mm F4 1/40s ISO800

28mm F8 1/200s ISO200

100mm F5.6 1/300s ISO300

数码摄影不求人

30天学会数码单反摄影

〔图解版〕

栩睿视觉 编著

机械工业出版社

CHINA MACHINE PRESS

本书是一本面向初学者的摄影图书，从最基本的数码相机硬件知识到人物、风景、夜景等各种环境下的拍摄技巧全部收录。除了采用精美的图例和摄影师的经验、心得结合起来进行阐述这种常见的摄影图书形式外，本书还将讲解的时间规定为30天，以一天一个摄影主题的形式介绍相关摄影知识，帮助读者循序渐进地掌握拍摄中的技巧和经验，让读者用一个月的时间真正掌握常用的摄影知识。

图书在版编目（CIP）数据

数码摄影不求人：30天学会数码单反摄影：图解版 / 栩睿视觉编著. —北京：机械工业出版社，2011.11

ISBN 978-7-111-36261-6

Ⅰ. ①数…　Ⅱ. ①栩…　Ⅲ. ①数字照相机：单镜头反光照相机 - 摄影技术 - 图解　Ⅳ. ①TB86-64②J41-64

中国版本图书馆CIP数据核字（2011）第218025号

机械工业出版社（北京市百万庄大街22号　邮政编码100037）

责任编辑：丁　伦

责任印制：乔　宇

北京汇林印务有限公司

2012年3月第1版 · 第1次印刷

184mm×260mm · 10印张 · 246千字

0001－4000册

标准书号：ISBN 978-7-111-36261-6

定价：39.90元

Introduction 前言

数码相机越来越多地走进了千家万户，每一个人都可以拿起手中的相机把景物记录下来，留做美好的回忆。摄影的门槛很低，每一个人拿起相机都会拍照，但是如果没有专业的摄影知识，拍出来的照片不能张张精彩。对于有心钻研摄影的初学者，本书是引导你循序渐进地理解、学习摄影的工具书。

这是一本基础的摄影丛书，从最基本的数码相机相关知识到人物、风景、夜景等各种环境下的拍摄技巧，文中部分章节还介绍了如何拍摄动物、静物、纪实等摄影主题，对于生活中常见的景物、人物以图例的形式列举出来展示给读者，力求以精美的图例和摄影师的经验、心得结合起来进行阐述。

本书共包括 6 部分，第 1 部分为大家介绍数码单反相机的基础知识。第 2 部分主要讲解光线的运用和人像摄影的构图。第 3 部分从前景与背景、摄影构图、风光拍摄、人物拍摄几大方面来讲解各种环境下的拍摄技巧。第 4 部分主要讲解摄影用光、人物、夜景及纪实摄影的拍摄技巧。第 5 部分学习静物、微距、动物和柔光的拍摄技巧，让大家全面了解各种类型摄影的基础知识。第 6 部分主要讲解一些高端的数码单反相机拍摄技巧，从前面的学习中让我们成为一个出色的摄影师。

参与本书编写的人员有卢晓春、王巧转、关敬、张婷、惠颖、韩登锋、闫武涛、刘波、钱政娟、马晓彤、李斌、黄剑、朱立银、刘正旭、张志敏。

由于作者水平有限，书中疏漏之处在所难免，欢迎各位读者与专家批评指正。

照片的拍摄环境说明：

室外	晴天	月光	日落	灯光	逆光
室内	多云	阴雨	夜晚	阴影下	有反射
	阴天	窗口光	反光板	闪光灯	下雪

目　录

第3部分 风景摄影基础

第4部分 人物摄影基础

第5部分 分类摄影

第6部分 出色摄影

第 1 部分　相机基础知识

数码单反相机的组成

数码相机的种类很多，限于篇幅不能把所有的单反相机都拿过来进行介绍。在此以佳能550D 为例，介绍数码单反相机的各个部件。

内置闪光灯 / 自动对焦辅助灯

模式转盘

主拨盘

快门按钮

减轻红眼 /
自拍指示灯

反光镜

手柄

遥控感应器

触点

EF 镜头安装标志

EF-S 镜头安装标志

闪光灯弹出按钮

麦克风（传声器）

镜头释放按钮

镜头固定销

景深预视按钮

镜头卡口

⬆ 550D 正面各部分部件

创意拍摄区
此类模式使您能更好地拍摄各种主题。
P: 程序自动曝光
TV: 快门优先自动曝光
AV: 光圈优先自动曝光
M: 手动曝光
A-DEP: 自动景深自动曝光
基本拍摄区
只需按下快门按钮，进行适于主题的全
自动拍摄
⬜: 全自动
CA: 创意自动

程序影像控制区
⚡: 闪光灯禁用
👤: 人像
🏔: 风光
🌷: 微距
🏃: 运动
🌃: 夜景人像
🎬: 短片拍摄

眼罩

取景器目镜

拍摄设置显示按钮

菜单按钮

显示屏关闭感应器

速控按钮/直接打印按钮

液晶监视器

驱动模式选择按钮

回放按钮

设置按钮

屈光度调节按钮

实时显示拍摄/短片拍摄按钮

自动曝光锁/闪光曝光锁按钮索引/缩小按钮

自动对焦点选择/放大按钮

光圈/曝光补偿按钮

扬声器

白平衡选择按钮

存储卡插槽盖

数据处理指示灯

自动对焦模式选择按钮

删除按钮

照片风格选择按钮

☝ 550D 背面各部分部件

背带环

焦平面标记

闪光同步特点

ISO 感光度设置按钮

电源开关

热靴

☝ 550D 俯视各部分部件

电池仓盖

电池仓盖释放杆

三脚架接孔

△ 550D 底部各部分部件

背带环

存储卡插槽

直流电源线孔

△ 550D 侧面各部分部件

闪光灯弹出按钮

景深预视按钮

遥控端子

外接麦克风输入端子

音频／视频输出／数码端子

HDMI mini 输出端子

△ 550D 侧面各部分部件

数码单反相机的成像原理

数码单反相机的构造是以胶片单反相机为基础的，两者有很多共同之处，它们的成像原理也基本相同。

图像感应器

光线转换为电信号，生成图像数据所需的基础部分，但在这一阶段尚未完成成像。

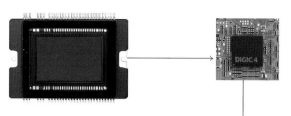

影像处理器

根据图像感应器所传输来的数据，生成数字图像，在这一部分将进行各种图像处理。

感应器尺寸大小

全画幅尺寸：数码相机的感光芯片（CMOS、CCD）的尺寸等于或非常接近传统135相机底片36×24mm的大小，一般都称其为全画幅。
非全画幅尺寸：感光芯片小于36mm×24mm大小，一般称其为非全画幅。

存储卡

承担着保存影像处理器所生成数据的任务，在这一部分没有与成像相关的操作。

⬆ 数码单反相机的成像

数码单反的取景、测光和传统单反一脉相承，透过光学取景器看到的景物和曝光在CCD上的影像常常是有出入的，由于反光镜抬起前CCD不受光，因此无法预览影像、记录活动影像。如果取景器没有被遮挡，从取景器反射下去的光线也能干扰测光。再者，在安静环境和特殊环境中按下快门时，与单镜头反光相机不可分割的反光镜会抬起，产生振动和声响。单镜头反光相机靠五棱镜折射取景，这是一项很先进的技术，但同时大大增加了制造难度，提高了制作成本，并使保养困难。

单反相机的特点是依靠单支镜头取景、对焦和拍摄。单反相机取景时，光线从镜头入射，通过安装在机身上的45°反光镜向上折射到对焦屏上成像，然后通过五棱镜投射到取景器中。摄影者通过取景器就能观察景物，而且是上、下、左、右都与景物相同的影像，因此取景、调焦都十分方便。

当摄影师按下快门拍摄时，反光镜会立刻弹起来，镜头光圈自动收缩到预定的数值，光线直接入射到感光元件上，快门开启感光成像。曝光结束后快门关闭，反光镜和镜头光圈同时复位，完成一次曝光。这就是相机中的单反相机技术，数码相机采用这种技术后就成了专业级的数码单反相机。

数码单反相机与小型数码相机相比较，最主要的区别就在于用于接受光线、进行成像的图像感应器面积大小不同。与通常采用1/2英寸图像感应器的小型数码相机相比，数码单反相机一般采用的APS-C尺寸图像感应器拥有约13倍的面积，因此它在电子性能方面也拥有众多优点。

TIP

（1）感光元件的有效感光面积越大越好，它的大小直接决定了照片的最高像素。也就是说，在相同情况下，图像感应器（CCD或CMOS）的有效尺寸越大，照片的最大像素就越高。

（2）照片像素的大小取决于打印尺寸的大小，照片的清晰度还与镜头的质量和拍摄技术有很大关系。

正确的持机方法

采用正确的拍摄姿势可以让我们顺利完成拍摄，保证拍摄质量。为了防止出现手抖动，应该掌握正确的持机方法。

在竖向持机时，握持相机手柄的手一般位于上方。但当握持手柄的手位于上方时手臂更容易张开，所以要特别加以注意。

☝ 正确的单膝跪姿正面　　　　　　　　　　　　　☝ 正确的单膝跪姿侧面

在降低重心进行拍摄时，应该单膝着地，用一只膝盖支撑手臂，这样可防止出现纵向手抖动。在实际的拍摄过程中，除了使用三脚架固定相机进行拍摄外，持机方法和姿势随着拍摄场景的变化也有不同的改变。但不论采用哪种持机姿势，只需保证相机不出现抖动即可，这样才可以提高拍摄的成功率。

☝ 使用三脚架固定相机拍摄

在横向持机时，左手应该从镜头下方托住相机以保持稳定，轻轻收紧双臂以防止相机出现抖动。

☝ 错误的拍摄姿势

☝ 正确的拍摄姿势

在站姿拍摄时，左手自然弯曲，胳膊肘紧贴自己的身体，避免手臂悬空而晃动。右手可以自然放开，轻握相机手柄，食指轻轻放在快门上。

☝ 正确的站姿拍摄正面

☝ 正确的站姿拍摄侧面

人像拍摄

选择大光圈和长焦镜头

大光圈可以模糊背景，使主体人物的形象更加突出。同样情况下，使用相同的镜头，光圈状态不同，背景的模糊程度会不同。光圈越大，背景越模糊，画面越简洁，主体也就显得更突出。使用长焦镜头拍摄人物，不易发生变形；使用广角镜头拍摄人物，则会发生畸变现象。为了能使人物肖像背景更为简单，可以利用长焦镜头加大光圈虚化背景，这种效果会使整个画面更简洁，突出人物主体。并不全是虚化背景才可以使画面简洁，每一种镜头，不同的光圈都有它选择的方式，要根据具体的要求来选择。长焦镜头加大光圈只是拍摄人物照片的一种手段。

光圈：F2 焦距：135mm 快门：1/450s ISO：100

先对焦，按住曝光、焦距锁定键，再进行构图。

长焦镜头和大光圈都可以很好地虚化人物背景。

眼睛是对焦点

拍摄人像时有一个最基本的规律，就是对着人物眼睛进行对焦。只有人物眼睛聚焦清晰，画面中的主体才会清晰。人像拍摄的聚焦是非常重要的，往往一张特别好的构图、表情人物，如果聚焦点不清晰，也是失败之作。在手动对焦时，如果距离被摄者很远，可以选择长焦镜头将人物拉近，然后对人物的眼睛进行对焦。

数码摄影不求人——30天学会数码单反摄影 图解版

风光拍摄

风光摄影矩阵测光

这里主要还用的方法为：根据景物反差的不同，合理地运用点测光和矩阵测光。

光圈：F8 焦距：24mm 快门：1/500s ISO：100

当自然景物的范围并不是很宽广时，矩阵测光就可以很准确地曝光。

矩阵测光和评价测光概念相同，只是换了一种说法，都是在画面中纵横划分多个区域，按平均18%的灰度认为是正确曝光，而给出一个曝光组合值。

矩阵测光多用于景物范围不是很大的时候，相机首先对取景器中的景物进行各点测光，然后通过内部数据分析得出一个最佳的曝光数值提供给拍摄者，而这一曝光组合误差往往比较小。

光圈：F8 焦距：24mm 快门：1/500s ISO：100

风光摄影点测光

　　点测光是对景物范围中的 1% ～ 5% 区域内测光。该模式一般很少用，但在某些情况下，点测光能发挥出重要的作用。点测光方式适于在取景框内光线分布不均而且反差很大的情况下采用。这种情况如果不用点测光，可能会造成需要表现的主体曝光不准，太亮导致画面发白，没有层次或者是太暗看不出细节。

这幅图像采用黄金分割法构图，地面与大海相接于黄金分割线处，使画面整体看起来处于最佳均衡状态。

光圈：F16 焦距：24mm 快门：1/400s ISO：100

太阳落山的时候，天空的亮度还是很高，景物地面和天空范围会很大，不能使用评价测光和中央重点测光模式重点测光，最好用点测光对地面进行测光拍摄。

　　点测光只是测定画面中心一个很小范围的亮度，并以这个测光值作为曝光的唯一依据，摄影者可以用画面中心这样一个很小的范围对被摄主体或其他部位上某处亮度进行测定，而不受大面积强光背景或阴暗背景的影响。点测光在风光和人物摄影中都是一个非常实用的功能，它能让摄影者在复杂的光线场景中进行准确的曝光。要想完全按照我们想要的曝光量进行拍摄，对于摄影者来说，点测光是非常实用的，让我们知道每个部分的测光参数，综合考虑在进行曝光。

运动模式

运动拍摄模式适合于拍摄人物的运动姿态、赛车等把焦点对准于运动主体的照片。它是一种把人工智能伺服自动对焦与高速快门组合在一起的模式。持续按下快门按钮，还可以进行连拍。

拍摄运动主体的时候，拍摄者与被摄体之间的距离一般都很远。所以，如果有远摄镜头，就可以把被摄体拍摄得很大。当拍摄动态物体时，即使采用运动模式，与一般摄影相比，也会出现很多手抖动或者错过拍摄时机的问题。防止这些情况发生的要点是通过连拍增加拍摄照片

光圈：F4 焦距：85mm 快门：1/500s ISO：100

快门的速度决定了拍摄人物的动态，如果快门速度快，那么人物就会被凝固。

的数量。另外，如果被摄体从画面中移出，焦点就会移动到背景处，而返回到被摄体上时，多少需要一些时间，所以需要注意。运动是相对的，运动的人物速度只要比相机快门的速度慢，就可以凝固人物的一瞬间。凝固就意味着速度快，拍摄人物照片需要的就是凝固瞬间，这一瞬间包含的内容非常广泛，光线、动作、神态、表情等，

这幅图像也是采用黄金分割法构图，将整个呈矩形的图像分为三个部分，而要拍摄的主体恰好处于交点处，给人以稳妥的视觉效果。

都是一种凝固。抓拍运动题材人物，要掌握好拍摄时机。尽管各种体育运动都有本身的运动特点，然而就摄影来说，却有一个共同之处，即运动的高潮点。这个高潮点往往是瞬间静止的，形态也最优美。要抓住这个时机，可以很好地表现运动中的人物，所以应多次按动快门，抓住仅有的瞬间，不要错过机会。

 黄金分割

在摄影中，黄金分割法是最常见的构图方法。对许多画家、艺术家来说，黄金分割是他们在现实创作中必须深入理解的一种指导方针，摄影师也不例外。黄金分割的比例约为1.618/1或1/0.618，它被称为黄金比例。遵循这一规则的构图被认为是最和谐和最具有美感的画面。

光圈：F2 焦距：24mm 快门：1/400s ISO：100

将向日葵放置在黄金分割的位置上，照片的构图形式很好，再加上使用广角镜头近距离拍摄，突出主体，背景也处理得不错。

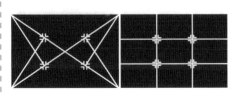

🔼 黄金分割法和井字构图法示意图

摄影构图中的三分法、井字构图法、九宫格法都是从黄金分割法中衍生出来的。实际上，它们就是黄金分割法的简化版，这些构图给人的感觉与对称构图刚好相反，对称构图通常把被摄物置于画面中央，这样的画面往往不能够吸引观众。

三角形构图

　　三角形构图是在画面中将所表达的主体放在三角形的3个点上，或影像本身所形成的三角形的态势。此构图是人的视觉感应方式形成的，如三角形态有由物体轮廓形态形成的，也有由阴影形成的。在具体的应用中，可以是正三角形，也可以是斜三角形，一般斜三角形较为常用。三角形构图可产生稳定感，但倒置则不稳定，可用于近景人物、特写等摄影。

　　正三角形就像金字塔一样，底边与画幅的横线平行，两条斜边向上汇聚，其尖端有一种向上的动感。这种构图最稳定，在心理上给人以安定、坚实的感觉。

光圈：F11　焦距：24mm　快门：1/350s　ISO：100

在拍摄直线线条的建筑物时，多用到三角形构图，不仅可以使建筑物稳定，而且形式感也好。

　　这种构图方式是以3个视觉中心为景物的主要位置，或是以三点成面的几何构成来安排景物，形成一个稳定的三角形。

　　在三角形构图中，等边三角形的3个锐角相等；因而容易产生呆板、无变化的印象；而不等边三角形中最小的锐角具有一种方向性和运动感，因而显得自然、灵活。若将不同形状的三角形进行结合，则主次分明，疏密相间，富于变化，从而合理地分割空间，活跃画面构图。

 三分法构图

三分法构图将画面左右或上下分成比例为2:1的两部分，形成左右呼应或上下呼应的效果，表现出相对宽阔的空间。其中，画面的一半是主体，另一半是陪体。三分法构图常用于表现人物、运动、风景、建筑等题材。

这种构图将被摄主体放置在等分的三分线上，可以轻松得到平衡和谐的照片，是摄影者常用的一种构图方法。这种构图适宜多形态平行焦点的主体，也可表现大空间，小对象，也可反向选择。

三分法的构图其实和黄金分割的构图基本相似，只是主体的位置可能有一些差距，二者均打破了传统地将主体物放在中央的呆板，使画面看起来更加活跃、舒服。

光圈：F11　焦距：24mm　快门：1/350s ISO：100

在使用三分法构图时，大多都是利用地平线分开画面中的景物。特别是在拍摄日出、日落、大海的时候，三分法构图是最常用的。

上图中的照片，摄影者把没有多少层次的山也构入画面，由于强烈的反差，山变成了剪影。剪影占据1/3的画面，从而避免了只有天空的单调。注意，在测光时需要以天空的曝光为基准，适当减少一些曝光量，照片效果会更暖一些。

S 形构图

S 形实际上是一条曲线，只是这种曲线是有规律的且定型的。S 形具有曲线的优点，所以 S 形构图也具有优美且富有活力的特点，给人一种美的享受，而且画面显得生动、活泼。同时，读者的视线随着 S 形向纵深移动，可有力地表现场景的空间感和深度感。

光圈：F11 焦距：35mm 快门：1/800s ISO：100

沙丘的线条弯弯曲曲地延伸到远方，增加了画面的空间感。

画面上的景物呈S形曲线的构图形式，具有延长、变化的特点，给人以韵律感，产生优美、雅致、协调的感觉。当需要采用曲线形式表现被摄主体时，应首先考虑使用S形构图。它常用于河流、溪水、曲径、山路等的拍摄。

大自然创造的风景中有着各种各样的曲线，能让人感受到优美与稳定。曲线会给风景增添圆滑、柔和的感觉，同时又能表现出流畅的动感，调整相机的角度来改变弧线的弧度也是很有趣的。

对称式构图

对称式构图具有平衡、稳定、相对的特点，如果使用不当，会致使画面呆板，也会缺少变化。它常用于表现对称的物体，如建筑或特殊风格的物体。

对称式构图又称均衡式构图，通常以一个点或一条线为中心，其两个面在排列上的形状、大小趋于一致且呈对称。被摄对象结构中规中矩，四平八稳，具有图案美观、趣味性强等众多特点。

蓝色的天空和大片园林一实一虚的横向对称式构图，突出主体，同时又增添了氛围，不会显得过于呆板。

光圈：F8 焦距：24mm 快门：1/350s ISO：100

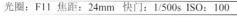
光圈：F11 焦距：24mm 快门：1/500s ISO：100

在拍摄楼道照片时，采用竖向对称式构图，给人纵深感较强，增加了画面的内涵。

全自动曝光、AV、TV、P模式

（1）全自动曝光：相机自动化程度很高，基本上都由相机自己设定参数，不须人为修改。在大多数情况下，使用这种设置可以得到一张正常的照片。

（2）TV模式（快门优先）：人为设置快门的速度，相机会根据测定的曝光量，自行设定正确的光圈值，达到正常曝光。

全自动曝光

TV模式

（3）AV模式（光圈优先）：人为设置光圈的大小，相机会根据测定的曝光量，自行设定正确的快门速度，达到正常曝光。

（4）P模式（程序自动）：相机根据光线情况和相机内设计的曝光曲线确定速度和光圈的组合。大多数相机的程序自动曝光都是可偏移的，也就是拍摄者可以根据实际情况修改曝光值组合。

AV模式

P模式

掌握快门速度

快门概念

快门是镜头前阻挡光线进入机身的装置，一般而言，快门的时间范围越大越好。时间越长，适合拍摄运动中的物体；时间越短，则可轻松抓拍到急速移动的目标。当想要拍摄夜晚街道上车水马龙的景象时，快门时间越长，画面中动感的灯光效果越明显。

快门速度是数码单反相机快门的重要参数，不同型号相机的快门速度是不同的。快门速度通过秒或几分之一秒来表示时间的长短。每个相机生产厂家的机身会有自己的快门速度起始范围，这个范围也是很重要的。因此在使用相机时，要先了解其快门的速度，这样才能掌握好快门的释放时机，并捕捉到生动的画面。

光圈：F4 焦距：85mm 快门：1/800s ISO：100

如果需要凝固运动的人物，需要高速快门。

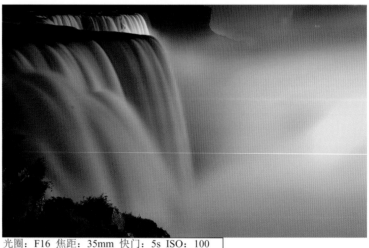

光圈：F16 焦距：35mm 快门：5s ISO：100

拍摄流动的水，快门速度越慢，水的效果会越梦幻。

快门优先模式

快门优先模式是指由拍摄者决定快门的速度，然后数码相机根据环境计算出合适的光圈大小。光圈优先模式适合拍摄静止的物体，而快门优先模式适合拍摄移动的物体。数码相机对震动是很敏感的，在曝光过程中即使轻微地晃动相机都会使照片模糊，在使用长焦距时这种情况更加明显。

当改变了快门速度时，同时也改变了运动物体被记录在图像感应器上的方式。快门速度越快，运动物体在底片上呈现的影像越清晰；反之，快门速度越慢，影像越模糊。

理解光圈

光圈的英文名称为Aperture，是相机一个极其重要的指标参数。

光圈概念

　　光圈是镜头内用来控制光线透过镜头进入机身内的光量的装置。它的大小决定着进入感光元件的光线的多少。光圈的大小用F值表示，F值=镜头的焦距/镜头的直径。从公式中可以看出，要达到相同的光圈F值，长焦距镜头的口径要比短焦距镜头的口径大。

　　对于已经制造好的镜头，不可能随意改变镜头的直径。但是可以通过在镜头内部加入多边形或者圆形的、并且面积可变的孔状光栅来达到控制镜头通光量的装置，这个装置就叫做光圈。在实际应用中，光圈F值越小，在同一单位时间内的进光量便越多，而且上一级的进光量刚好是下一级的两倍。现在的许多数码相机在调整光圈时，可以做1/3级的调整。

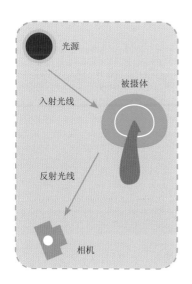

光圈：F2　焦距：50mm　快门：1/350s ISO：100

当拍摄美女的近景照时，光圈一般开到最大，可以虚化背景，突出主体，大光圈还可以使肌肤显得柔滑，当光圈慢慢开大时（光圈调整到F2.8以上），由于光圈叶片的原因会有些曝光过度，但这种曝光过度在一定程度上会使人物皮肤柔滑。在使用大光圈拍摄时，即使不用长焦镜头，也可以得到虚化背景的效果。

光圈优先模式

光圈优先模式是指由拍摄者决定光圈F值，相机的测光系统根据当时的光线情形，自动选择适当的快门速度以配合照片的正常曝光。光圈优先模式适合重视景深效果的摄影，如人像、风光等摄影。F后面的数值越小，光圈越大。在快门不变的情况下，光圈越大，进光量越多，画面越亮；光圈越小，画面越暗。

光圈：F16　焦距：35mm　快门：1/400s ISO：100

使用小光圈拍摄风景，可以使画面从近到远都很清晰。

拍 摄 方 法

1 这幅图像是利用三脚架拍摄而成的，ISO值设为100，可以使拍摄得到的图像品质最高，清晰度最大。

2 使用广角变焦镜头拍摄此类场面比较壮观的景象（此图使用24mm镜头）。

3 光圈值设为F16，使得图像可以选择适当的焦距。

4 使用评价测光模式进行测光。

5 使用单次自动对焦模式拍摄。

在全自动曝光模式下，光圈与快门速度同时由相机设置完成，而在光圈优先模式下，可任意确定光圈，仅快门速度由相机确定。因此，此模式下可以按照自己的想象进行拍摄，如果拍摄者希望根据自己的意图确定景深，那么此种模式是再适合不过了。而且，不仅仅是对照片景深的处理，只要将光圈设置成全开端（即减小光圈值），增大通光量，快门速度则变为最快。因此，可以非常方便地在弱光环境中使用，以防止手抖动的情况发生。

ISO 感光度

感光度概念

　　ISO 是"国际标准化组织"按照胶片对光线的化学反应速度，而制定的胶片感光速度的标准。早在胶片时代我们就遵循这一标准，购买胶卷时包装上都会标示 ISO 100、ISO 200、ISO 400 等字样。此处的 ISO 数值越大，表示胶卷的感光速度越快，意味着 ISO 数值高的胶卷，只需要较弱的光线就能使胶卷生成影像，以便在同样亮度的光线条件下，可以使用较小的光圈或较高的快门速度，即感光度与所需的曝光量成反比。我们在拍摄活动中改变数码相机的感光速度并不需要更换胶卷，只需调节相机内设 ISO 值即可。

　　数码相机的 ISO 是一种类似于胶卷感光度的指标，实际上，数码相机的 ISO 是通过调整感光器件的灵敏度或者合并感光点来实现的。也就是说，通过提升感光器件的光线敏感度，或者合并几个相邻的感光点，达到提升 ISO 的目的。

数码相机感光度

　　当光线透过镜头射到 CCD/CMOS 上，相应强度的电荷量就会蓄积在感光电极之下。单位面积存储电荷量的多少，取决于单位面积感光单元受到光照的强弱。在给定的 CCD/CMOS 面积内，增加像素数，会导致保持感光度变得困难；减小像素数，入射光线强度减弱。如果为了提高 ISO 数值，使用更高的增益值将会导致影像质量的恶化。在较暗的环境下，设置较高的 ISO 感光度可以轻松拍摄出曝光较正常的照片。但是高感光度使照片的画面不够细腻，特别是不利于表现有质感的物体，如人物的皮肤等。

ISO 100

ISO 200

ISO 400

ISO 800

⬆ ISO 1600　　　　　　　　　　⬆ ISO 3200

⬆ ISO 6400　　　　　　　　　　⬆ ISO 12800

感光度对照片质量的控制

（1）低感光度拍摄的优点

高感光度拍摄的画面容易出现粗糙的噪点，而低感光度拍摄画面平滑清晰。对画质要求高的摄影作品，最好使用低感光度拍摄。特别是人像照片的拍摄，若使用低感光度进行拍摄，那么人物皮肤会显得非常细腻。

（2）高感光度拍摄的优点

当光线不足时，拍摄照片容易发生照片模糊的现象，这时需要设定为高感光度。透光量少一些也够用了，因此可以使用较快的快门。如果使用标准变焦镜头，即使手持相机拍照，也不会发生模糊。

理论上来说，在弱光环境下，提高感光度可以缩短曝光时间，缩短曝光时间可以减少抖动带来的影响，使照片更清晰。在室外光线充足的条件下，只需要 80～100 的 ISO 就足够了。过高的 ISO 反而会使得成像质量下降，出现更多的色斑。很多相机都宣称拥有 1600 或者更高的 ISO，但实际使用中并没有什么意义，往往 400 的 ISO 成像质量就已经无法接受了。

了解白平衡

在了解白平衡之前，还要明白另一个非常重要的概念——色温。所谓色温，就是以热力学温度（K）来表示色彩。英国著名物理学家开尔文认为，假定某一黑色物体，可以将落在其上的所有热量吸收，而没有损失，同时，又可以将热量生成的能量全部以"光"的形式释放出来，那么它便会因受到热力的高低而变成不同的颜色。

例如，当黑色物体受到的热力达到 550 ～ 600 摄氏度时，就会变成暗红色，达到 1100 ～ 1200 摄氏度时，就变成黄色，温度继续升高会呈现蓝色。光源的颜色成分是与该物体所受的热力温度是相对应的，任何光线的色温是相当于上述黑色物体散出同样颜色时所受到的"温度"，这个温度用来表示某种色光的特性，称作色温。

自然界的光线千变万化，物体反射出的颜色根据环境光源的不同是有所变化的。人的眼睛能够正确地识别颜色，是因为人的大脑可以检测并且更正环境因素而导致的色彩变化。因此，不论在阳光下、阴天、室内或荧光灯下，人眼所看到的白色物体的颜色依然是白色。

人眼可以进行自我适应，但是相机没有这么智能。对于数码相机而言，因为它的感光器件可以检测光线的色温，在相机内部进行调节。我们把这种调节光线色温使它变成日光的过程，叫做调节"白平衡"，它的目的是还原被摄物体的色彩。

不同的白平衡数值对应的色调差异

☝ 自动

一般情况下，在户外拍摄使用自动白平衡模式完全可以满足需要。

☝ 日光模式 5400K

在晴天日光下能够进行正确的显色，在室外拍摄时可以广泛使用。

☝ 阴影 6000K

在晴天户外的阴影下能够进行正确的显色，色调比阴天稍红一些。

☝ 多云 5800K

用于没有太阳的阴天或多云天气。

☝ 钨丝灯 3400K

对钨丝灯的色调进行补偿，可抑制光线偏红的特性。

☝ 白色荧光灯 6400K

对荧光灯的色调进行补偿，可抑制光线偏绿的特性。

☝ 闪光灯 5500K

对偏蓝色的闪光灯光线进行补偿，倾向于"阴天"模式。

☝ 色温值 2500K

当色温值较低时，呈现冷色调。

☝ 色温值 6000K

当色温值较高时，呈现暖色调。

在复杂或特殊的光线下，自动白平衡模式有时候并不十分准确。数码单反相机的色温检测功能并不是万能的，在某些情况下，相机的自动白平衡功能会失灵，出现偏色现象。为了解决自动白平衡偏色的问题，数码单反相机设置了多种"白平衡"模式。

光圈：F2 焦距：135mm 快门：1/250s ISO：100

白平衡是红、绿、蓝三基色混合生成后白色精确度的一项指标。常用的相机白平衡设置为自动白平衡。当我们需要拍出特定的画面色调及氛围时，使用自定义白平衡是最佳选择。当白平衡的色温较高时，色调偏向蓝绿色，给人偏冷的感觉；当色温较低时，色调偏向红黄色，给人偏暖的感觉。当拍摄儿童时，需要体现温馨甜美的感觉，白平衡的色温可以偏低一些，这样画面色调偏暖。

光圈：F2 焦距：135mm 快门：1/450s ISO：100

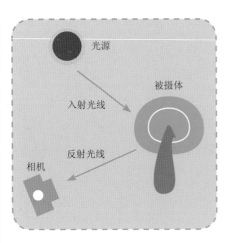

白平衡的基本原则是"不管在任何光源下，都能将白色物体还原为白色"，对在特定光源下拍摄时出现的偏色现象，通过加强对应的补色来进行补偿。

第 2 部分 拍摄基础知识

选择正确的曝光

正确的曝光是适当的快门速度和光圈的结合。这也是光圈优先、快门速度优先以及各种程序式的所有自动曝光模式背后的基本原则，而手动曝光则可以提供选择的自由。

光圈：F4 焦距：300mm 快门：1/500s ISO：200

要想使照片曝光得非常准确，不仅要选择准确的曝光点，还要选择最适合的测光方式。

☝ 曝光过度

☝ 曝光不足

至于照片的彩色浓度，一般也可以通过调整曝光而得到明显的改善。曝光不足往往会使色彩变灰而平淡，而曝光过度则容易使色彩过深而失色。

灵活运用曝光补偿

数码相机的使用越来越方便，拍摄完成的图片不喜欢就可以删掉，以至于不少摄影者在实践中对曝光的准确性并不十分在意。其实，数码相机的宽容度非常小，相对曝光应该要求更高，在拍摄实践中特别要重视对"曝光补偿"的运用。在拍摄一些比较特殊的对象时，更要运用自己在传统摄影中积累的经验，充分利用曝光补偿来满足特定情况下的曝光需要，确保得到曝光准确的照片。曝光补偿的调节是经验加上对颜色的敏锐度所决定的。只有多比较不同曝光补偿下的照片质量，才能拍出最好的照片。

在进行测光时，要避免太阳直射镜头，可以对天空进行测光。

当太阳落山时，天空的亮度与小屋的亮度有很大的差距，形成强烈的反差。如果选择天空进行测光，树和小屋就会形成剪影。

光圈：F3.5 焦距：85mm 快门：1/125s ISO：100

相机的测光原理是，在测光时，相机把所有被摄对象都按照18%的中性灰来还原，不管是亮的景物，还是暗的景物，它都以中间调来对其表现。所以摄影者需要知道，拍摄亮的景物需要增加曝光量，拍摄暗的景物需要减少曝光量，这样才可以还原景物亮与暗的原来色调。因此曝光补偿就显得尤为重要。

在日常拍摄中，白色物体会出现曝光不足，而黑色物体则会出现曝光过度，因此很多场景都需要进行曝光补偿。需要注意的是，曝光补偿不能在基本拍摄区模式中使用，只能在创意拍摄区模式中使用。例如，拍摄高调的照片，一般都需要正的曝光补偿；拍摄穿黑衣服的人，为了还原衣服的黑色，则需要负的曝光补偿等。

夜间曝光不足

在拍摄夜景时，测光很重要。不是对准光源进行测光，而是对其周围景物进行测光，也可以多个点测光，再根据需要表现的主题来确定曝光量。

在拍摄这张夜景照片时，首先要确定曝光量，选择在灯光周围的地方进行测光，一般使用点测光或者局部测光的模式，避免周围的景物影响到测光值。

光圈：F16 焦距：105mm 快门：6s ISO：100

我们的相机大多都使用评价测光，这样的测光方式在强烈的反差情况下，曝光一般是不准确的。因为明亮的灯光让相机认为整个景物比较亮，相机就会按照亮部进行曝光，多数情况下就会出现曝光不足的现象。

夜景拍摄曝光不足是常见问题，夜景环境灯光和暗部有着很强的反差。如果画面反差比较强烈，使用点测光比较好，测出很多个点的曝光参数，然后根据需要来确定具体的曝光组合。

如果一时难以确定正确的曝光参数，还可以利用相机的包围曝光功能多拍摄几张照片，再从中挑选比较好的。需要提示的是，在夜间进行拍摄时，三脚架也是必不可少的，它可以让图像更加清晰。

将相机机位抬高一些，构图时留有部分空间，尽量使用小光圈拍摄。

光圈：F4.5 焦距：65mm 快门：1/20s ISO：100

使用合适的曝光参数，使夜景唯美地展现出来。

夜间车水马龙

夜间车灯划过的线条是一道独特的风景线。夜景照片最为经典的场面就是马路上的汽车都变成了一条条不同颜色的线条。要想表现车流的轨迹，其实也很简单。需要注意的是，在单行道上拍摄迎面驶来的汽车，在画面上留下的是汽车前灯的白色轨迹；汽车向前驶去，则在画面上留下的是汽车尾灯的红色轨迹；在多行车道上，白色轨迹和红色轨迹同时存在。

慢速快门拍摄路上行驶的车辆，照片会呈现出灯光的线条，使画面有一种动感。

光圈：F8　焦距：24mm　快门：4s　ISO：200

拍摄夜景车流，必须有一个三脚架，然后等待车流动的时候拍摄。在拍摄过程中，要用小光圈和慢快门，长时间曝光，一般需要设置 2 ～ 8s 的时间为最佳。在拍摄时，尽量选择车尾灯的光迹，避免拍摄车前灯。前灯光线较强，容易曝光过度，照片就没有好看的线条了。如果遇到堵车或红灯时，可以利用黑卡纸挡住镜头，暂停曝光，当车辆流动时再开始拍摄。

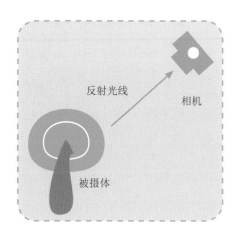

反射光线
相机
被摄体

逆光光线

    逆光是很多摄影师善于利用的一种光线，它能够勾画出对象的形状，使之与背景分开。在对象的形状边缘形成明亮的亮线，能够渲染所要表达的气氛，丰富并活跃画面。它是一种具有艺术魅力和较强表现力的光照，可以使画面产生完全不同于肉眼在现场所见到的实际光线的艺术效果。

光圈：F8 焦距：135mm 快门：1/350s ISO：100

逆光条件下拍摄的景物，会因为强烈的反差导致景物呈现剪影效果。如果景物的轮廓被很好地展现出来，照片也会颇具魅力。

拍 摄 方 法

  1 将相机架在三脚架上。

  2 使用评价测光模式对太阳周围进行测光。

  3 使用单次自动模式对焦拍摄。

  4 采用将画面分成几份的构图方式拍摄。

  5 时刻注意太阳在画面中的位置。

  6 拍摄之前，首先要测光，以太阳周围的天空为测光基准，避免太阳光线直射镜头，否则会产生很大的误差。在构图时，需要知道太阳的位置，掌握拍摄时机，趁太阳在将隐未隐、将现未现时，多次按下快门拍摄。

逆光拍摄可以增强被摄体的质感，特别是拍摄透明或半透明的物体，如花卉、植物枝叶等。

光圈：F2 焦距：35mm 快门：1/400s ISO：100

逆光还可以增强氛围的渲染性，特别是在风光摄影中的早晨和傍晚，采用低角度、大逆光的光影造型手段，逆射的光线会勾画出红霞濡染、云海蒸腾的完美景象。

光圈：F11 焦距：35mm 快门：1/400s ISO：100

逆光拍摄有较强的艺术效果，但要拍好逆光照射下的景物，是有一定难度的。因为它的反差大、变化多，而且主要部位大都处于阴影之中。

光圈：F2 焦距：35mm 快门：1/250s ISO：100

逆光可以增强视觉的冲击力。在逆光拍摄中，由于暗部比例增大，很多部分细节被阴影所掩盖，被摄体以简洁的线条或很少的受光面积凸显在画面之中。这种高反差给人以强烈的视觉冲击，从而产生较强的艺术造型效果。

光圈：F2 焦距：135mm 快门：1/400s ISO：100

在逆光拍摄中，要注意以下几点。

（1）在曝光时不要被画面中大面积阴暗背景的光线所欺骗，而应以被摄主体的亮度为依据。如拍摄朝阳或落日，应以太阳的亮度为测光的主要依据。

（2）在逆光拍摄中，特别是拍摄人像时，应选择适当的辅助光（用闪光灯或反光板等补光）。

（3）当逆光拍摄花卉时，应选择较暗的背景予以反衬，从而造成较强的光比反差，强化逆光光效，达到轮廓清晰，凸显主体的艺术效果。

（4）由于相机还对着强光源，要注意眩光的干扰。

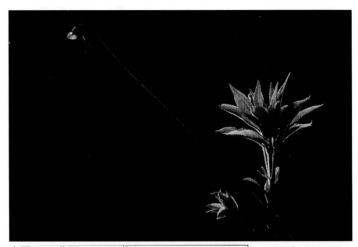

光圈：F6 焦距：35mm 快门：1/800s ISO：100

在拍摄这张照片时，首先利用相机对准亮部进行测光，然后锁定曝光量，最后重新把花朵构入画面。

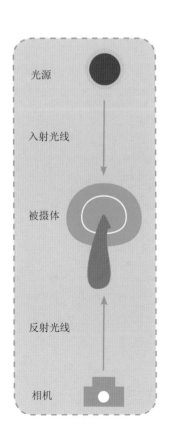

光圈：F4 焦距：100mm 快门：1/400 秒 ISO：100

这幅照片是逆光拍摄的色彩鲜艳的树叶，采用大光圈，并让叶子充满整个画面，枝干恰到好处地位于矩形画面的对角线处，构图巧妙，使平时看起来普普通通的树叶，在镜头里变得十分透亮，获得意想不到的完美景象。

剪影

剪影是指在主体与背景之间形成强烈的反差时，舍弃主体的细节，而表现背景和主体之间的关系，一般表现为亮背景衬托暗主体。剪影画面的形象表现力取决于形象动作的轮廓。需要注意的是，剪影不利于表现细部和质感。

画面中的人物形成了各种姿态的剪影效果，使整幅图像增添了几分神秘感。

光圈：F3.5 焦距：35mm 快门：1/250s ISO：100

树、地面、人和狗形成的剪影效果有点童话般的感觉，有一种美的意境。

光圈：F8 焦距：85mm 快门：1/350s ISO：100

（1）拍摄的影像主体应该处于"逆光"状态。

（2）相机对影像主体的曝光量要比背景等的正常曝光量小3倍左右，即影像主体的"曝光量严重不足"，呈现"剪影状态"。

（3）当拍摄时，不能采用快门优先或光圈优先模式。

（4）手动调整光圈和快门速度，对背景进行正常曝光。

剪影照片的获得充分利用了主体与背景受光的差异。一般可以利用日出日落时的逆光，因为此时的光线最柔和，看上去也不刺眼，是拍摄的最佳时机。曝光要遵循"宁欠勿过"的原则，依据背景的光亮部分进行点测光，这样才能使主体曝光严重不足，形成强烈的剪影。

光圈：F4 焦距：85mm 快门：1/500s ISO：100

在逆光的环境下拍摄的这幅照片，人物轮廓在光芒的照耀下非常清晰，使画面安静中透着活力。

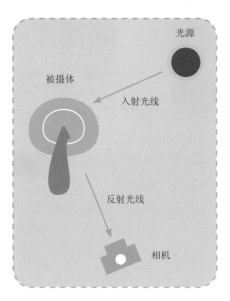

光圈：F8 焦距：35mm 快门：1/125s ISO：100

虽然逆光拍摄比较有难度，但也可以拍摄出具有艺术氛围的画面。

室外散射光的应用

当阴天时，室外的光线是非常柔和的散射光，采用这种光线拍摄人像，可以取得很好的效果。如果运用手持反光板，还可以进一步改善光线效果。即用反光板增加眼睛部位的光线，减轻下巴下面的阴影，从而拍出更为漂亮的人像。

光圈：F2 焦距：85mm 快门：1/250s ISO：100

散射光照射人物，光线比较平均，人物脸上没有明显的阴影。使用正常的曝光进行拍摄，人物皮肤就会非常白皙。

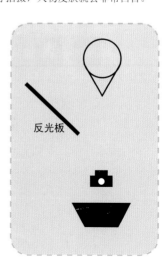

反光板

使用这种光线拍摄人像的真正难处在于，要把被摄者的姿势和位置安排得能让散射光和反射光尽量照亮她的脸部，同时又要使背景部分没有任何障碍物。

窗户光的应用

几个世纪以来，画家们都喜欢利用从窗户射进的阳光来画人像，因为这种光造型能力强，又有很好的投影。因此，摄影师们在室内拍摄人像时，经常使用的也是这种光线。

从朝北的窗口照射进来的光线，是一种较有方向性但仍柔和的光线。当在窗户光的对面放置一块反光板来减弱光源所产生的阴影时，出现的效果是柔和且优雅的，对人物的脸部可起到轻描淡写的作用。

这张照片的窗户光运用得恰到好处，清晰明了地展现出人物的轮廓，画面色彩对比强烈。

光圈：F3.5 焦距：50mm 快门：1/200s ISO：100

在窗户附近拍摄人物时，要注意室内的光线与窗户光的反差，使用点测光对人物脸部测光。

光圈：F2 焦距：55mm 快门：1/250s ISO：200

在室内，只要被摄者移动几步，强光和阴影的对比就会有很大的变化。因而，调整距离可以解决照明不均匀的问题。光从侧面射来，面颊线条明显，面颊和颌部会产生阴影。头部微微转离相机，侧面光可产生最大的立体感。此时，最能表现一个人的脸型特征的办法是，脸部微微转离窗户一些，转向阴影方向，使之只有侧面充分照明。但这时必须同时利用反光板，或室内其他方面的反光。如被摄者移到窗户的一侧，面向窗口，侧面光和轮廓光会有所减弱，面容显得圆润匀称。当面孔转向相机时，面孔上背窗的部分出现了阴影，但面孔离窗最远的一边或多或少地为平光所照亮。当远离窗口时，整个面容处在阴暗的平光之中。被摄者离窗越远，影调越平淡。

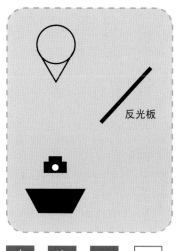

利用窗户光拍摄人物照片，最好在人物脸部的阴影部分使用反光板给以补光，使反差比较适中，人物照片效果更好。

光圈：F2 焦距：85mm 快门：1/60s ISO：200

　　但这种技巧如果用得太过分，会失去自然的窗户光的特色。一天中，光线的变化在室内所起的偏色与在室外拍彩照时是相同的。然而，有些在室外摄影中无须注意的问题，对室内窗户光却有影响。例如，窗外近处是太阳晒着的红砖墙，室内窗户光线就会偏红；窗外是花园并有高大的树木，光线就会偏绿；窗口对着蓝天，光线可能偏蓝色。这种影响在室内可能比室外明显，因为窗口更有选择性，不像室外色彩有一个总的平衡。

　　窗户光是比较柔和的光线，常用于拍摄儿童等人像照片。使用窗户光拍摄儿童可以得到比较柔和的面部光影效果。当拍摄时，将宝宝安排在靠近窗户的床边侧对窗户，以窗户光作为主要光源。用反光板对宝宝的侧面进行略微的补光，降低宝宝面部的明暗反差，这样便可以拍出一幅甜美的儿童照片。

　　如果室内两面墙上都有窗户，而被摄者在两窗之间，此时的交叉照明会造成各种有趣的光效变化。只要在拍摄时让被摄者转动一下身体，一系列不同的变化就会显现出来。此时，应注意设法通过调节使一个窗户的光比另一个窗户稍亮一些，两个窗户的光线相等是最不好的。

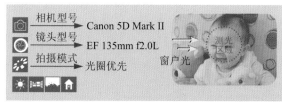

镜头距离目标约 1.5m，摄影师采用蹲姿平拍。

光圈：F2 焦距：135mm 快门：1/250s ISO：100

眼神光的运用

当拍摄人像时，只要被摄者面前有光源，而且有足够的亮度，就都会反射到眼睛里，并且出现反光点，从而构成眼神光。眼睛中显示的反光点，形状、大小和位置都有所不同。例如，在室内拍摄人像，光线从远离被摄者的窗户照射进来，她的每只眼睛里都会出现亮光，形成一个反射区，这种反射通常偏向一边。

光圈：F2 焦距：135mm 快门：1/250s ISO：100

眼睛最能表现人物的心灵和情感，摄影师拍摄人物时一定要善于抓住人物的眼神，照片才能感动人。

各种眼神光效果是迥然不同的，明亮细小的光显得很愉快，范围较大的光显得柔和，而没有照明的眼睛则宛如深潭。为了拍出上乘的人像摄影作品，在按快门之前，一定要考虑到眼神光。让被摄者稍微抬起头或重新布置光源，就能确定是否有眼神光。眼神光应当是平衡的，不能一只眼睛有光，而另一只眼睛没有光。要检查产生眼神光的光源是不是处于被摄者脸部前面足够的位置，从而能照到双眼，而不至于被鼻子的阴影挡住。如果头部向一侧转动，眼神光源最好也要随着转动。光源位置不能过高，否则，就可能有一只眼睛照不到眼神光。

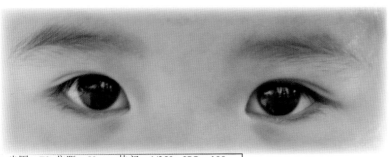

在拍摄这张照片时，光线良好，在小孩的眼睛里还可以看到外面的风景。

光圈：F2 焦距：50mm 快门：1/250s ISO：100

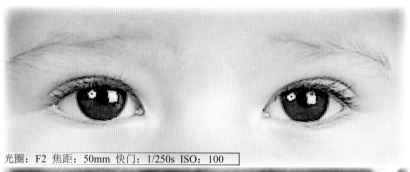

光圈: F2 焦距: 50mm 快门: 1/250s ISO: 100

从眼睛里就可以看出给人物打了盏灯光, 两个亮点表示两盏灯。

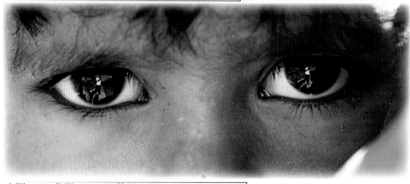

光圈: F2 焦距: 50mm 快门: 1/125s ISO: 100

从小孩眼睛里映出的影像, 可以反映出各种客观的事物。

在人像拍摄中, 采用怎样的手段才能形成人物的眼神光?

(1) 利用主光构成眼神光。

(2) 辅助光构成眼神光。

(3) 利用专用灯来形成眼神光。

拍摄时使用大光圈, 前后的两个小孩呈现出虚实关系。

光圈: F8 焦距: 85mm 快门: 1/125s ISO: 100

　　值得注意的是, 多灯会形成多个眼神光, 而单灯只形成一个眼神光, 所以在人物摄影作品中, 用眼神光时灯越少越好。一旦形成大面积的眼神光, 会使人物形成一种呆板的形态, 不利于拍摄, 更起不到画龙点睛的作用。

低调人像照片

低调照片主要是指色调浓重的照片。画面大部分是深暗色调，给人以沉稳、刚毅的感觉，但并不排斥采用少量的亮色调，画龙点睛的一抹亮色能使作品陡然生辉。拍摄时常用侧面光或逆光，适合表现以黑色为基调的题材。

低调照片画面的基调绝大部分是以深灰、浅黑、黑色影调为主，浅色调占的位置很小。整个画面的色调比较浓重深沉。低调分软低调和硬低调两种：软低调是以差距较小的暗影调，表现出被摄对象的丰富的层次和质感；硬低调是以较大的光比，突出表现对象的轮廓。

光圈：F2 焦距：50mm 快门：1/60s ISO：100

人物身着黑色的衣服使画面的色调比较暗，很好地表现出低调人像的风格。

（1）软低调的画面影调低，但影调之间对比不大，它是以接近的影调和细致的影纹来表现被摄对象的层次和质感。软低调的光比多控制在 1：4 左右。硬低调的明暗对比强烈，光比多控制在 1：8 左右。

（2）拍摄低调照片多使用测光或半逆光，要选择暗背景。

（3）当拍摄低调人像时，人物服装的色调要比较深。当拍摄低调的自然景物时，也需要选择深色调的景物。衬体的色调也要比较深，并且与主体的低调相协调。

（4）感光要充足，以保证阴影部分有足够的层次。当显影时应采用慢性显影液，可把 D76 显影液加两三倍水冲淡，再把显影时间适当延长一些。

（5）低调照片的整个画面影调浓重深沉，但其中最好要有白影调。这个白调即使面积很小，也能使整个画面具有生气。

数码摄影不求人——30天学会数码单反摄影 图解版

光圈：F8　焦距：50mm　快门：1/125s　ISO：100

当给人物打光时，使用局部光，没有被打亮的背景就呈黑色。使用局部光线给人物打光，可以更好地突出所要表现的细节部分，袖口的白色给整幅画面添加了一丝活力。光线勾勒出被摄者的轮廓，被摄者大部分的光线都在阴影里，可以使整个画面低调。

光圈：f8　焦距：85mm　快门：1/100s　ISO：200

在拍摄低调景物照片时，曝光点的选择一般是主体中最亮的点，曝光要稍过一些，以增加一些暗部的层次。背景一般选择与主体颜色相适应的深色景物。

怀旧色调

不同的色调给人的感受不同

怀旧色调是一种永不变色的暗褐色色调。与黑白色调相比，增添了一定的色彩纯度，给人温暖和绘画般的感觉。这种色彩有一种沉稳、圆润、古朴的韵味，不会给人带来呆板的感觉。

光圈：F4 焦距：135mm 快门：1/250s ISO：200

当岁月渐行渐远，逝去的年华留下的除了这些泛黄的照片，还有无止境的回忆。

照片原来的色彩褪掉，慢慢地开始发黄，却为照片带来了另一种美感。

光圈：F2 焦距：50mm 快门：1/125s ISO：100

数码摄影不求人——30天学会数码单反摄影 图解版

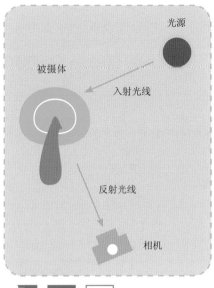

光源

被摄体

入射光线

反射光线

相机

画面的反差大一些，这种怀旧的色调会表现得更好。

光圈：F2 焦距：135mm 快门：1/400s ISO：100

怀旧色调的拍摄对环境的选择有一定的要求，要学会合理地选择适当的背景。选择强光或者硬光，使画面产生较为明显的对比，然后进行怀旧处理，得到的效果更加强烈。当选择背景时，可以选择古老的建筑、破旧的房屋或墙壁，这样的背景效果会更真实、自然，也更有意境。

破旧的房屋、生锈的水管，这些背景无不衬托出怀旧的主题。

光圈：F2 焦距：50mm 快门：1/125s ISO：100

素雅色调

　　所谓素雅色调，就是在原色或纯色的基础上，添加白色来降低色彩的明度，从而柔和色彩。这样的颜色柔和淡雅，使画面变得温。白色在所有的色彩中亮度最高，常给人轻快的感觉。而且白色象征性很强，常用来表示纯洁、单纯、清新的感受。当人物和背景融为一体时，这种白色就显得更加和谐。

淡绿色背景给人清新淡雅的感觉，再加上女孩甜美的微笑，相互映衬，使整幅画面显得恬淡、温和。

光圈：F2 焦距：135mm 快门：1/250s ISO：100

　　粉红色也是素雅色调中的一员，它一方面具有红色所体现的热情，另一方面又兼顾了紫色所代表的浪漫。粉红色经常用于代表浪漫甜蜜的爱情，这种色调的照片常给人一种暖洋洋、愉快的感觉。

光圈：F2 焦距：35mm 快门：1/125s ISO：100

素雅的色调更能表现出人物的清纯以及皮肤的白皙。

明艳色调

所谓明艳色调，是指那些明度很高的纯色。运用明艳色调，可以使色彩感觉变得丰富，从而创造出华丽的氛围。

光圈：F2 焦距：135mm 快门：1/250s ISO：100

色调的明快可以更好地冲击人们的眼球，把目光都吸引过来。

红色是各种纯色中感情最为强烈的色彩，能最快速度地刺激人的视觉神经。橘黄色给人明亮、鲜艳的感觉，而且带着积极、开朗、活泼的性格特征，是任何人都容易接近的颜色。紫色是一种很神秘的颜色，让人想到智慧、浪漫、幻想。紫色通常是高贵典雅的代名词，不但刺激着人们的情感，也牵引着人们的视觉与感官。虽然现在明艳的色调已经不是完全主流的趋势，但在曾经也流行过很久。

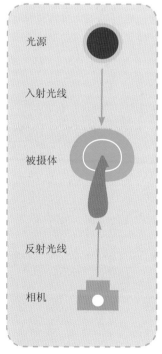

光源

入射光线

被摄体

反射光线

相机

光圈：F4 焦距：85mm 快门：1/125s ISO：100

秋叶有萧索的一面，但收获的季节，还是会带给人充实的喜悦，这红黄相间的跳跃舞动，看了怎能不让人心生愉悦呢！

有很多刚接触摄影的朋友们，一直搞不清楚景别和景深，总是混为一谈。本章将介绍两者的区别。

 ## 景深

景深指被摄景物能产生较为清晰影像的最近点的距离。当镜头聚集于被摄景物中的某一点可清晰成像，在这一点前后一定范围内的景物也能被记录得较为清晰。这种距离大，称为大景深；这种距离小，称为小景深。下面介绍景深在拍摄中所发挥的作用。

（1）交待环境：一般拍摄全景、远景和中景多用大景深，使场景前后都很清晰，以交待全貌。

（2）交待人物关系：通过景深聚集变化来阐述前景和后景人物的关系。

光圈：F8 焦距：200mm 快门：1/500s ISO：100

光圈：F2 焦距：135mm 快门：1/500s ISO：100

（3）表示主观视线：可用小景深来表现视线转移的效果。若病人从昏迷中醒来，便可拍

摄一组焦点由模糊渐变为清晰的画面。

（4）传达主体情感：比如，一个人带有情感地关注某人的主观镜头，其对周围的环境视而不见。景深同镜头的运动配合，可以共同传达这一情感。

（5）强调主体、重点或细节：利用小景深在繁杂的环境中突出被摄体，强调事件的某重点或细节。

光圈：F2 焦距：135mm 快门：1/450s ISO：100

（6）调动观赏者视觉中心的转移：观众的视线随画面的焦点自然转移，构图也显得十分生动活泼。

（7）创造特写情绪：如表现梦境、神奇、虚幻的感觉。

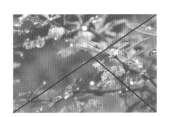

光圈：F2 焦距：85mm 快门：1/250s ISO：100

光圈越大，景深越小。采用小景深不仅能够突出主体，还可以使环境虚化，创造出神奇、虚幻的感觉。

景别

顾名思义，景别就是取景大小的区别，与动画制作过程中画框的大小概念是相同的。在创作设计稿时，景别的处理尤为重要，它既能准确、充分地展现出作者的艺术构思，又能清楚地传递出画面中人物的各种情节信息。

景别一般包括大远景、远景、全景、中景、近景、特写和大特写。

（1）大远景：人在画面中所占的位置极小，机位较远，环境占主要地位。一般用来表现广阔的空间，给人气势磅礴、严峻、宏伟的感受，往往在抒发情感、渲染气氛、产生强烈艺术感染力上发挥作用。一般不适用于表现横向动感强的效果，因为主体物在这样广阔的空间中的运动常常显得微不足道。

（2）远景：比起大远景，人在画面中的位置明显了些，重要了些，但仍处于较远的位置。它适合展示事件发生环境和人物活动背景，展示事件规模和气氛，表现多层景物等。

（3）全景：可清楚地看到人的全身。它适合通过人物全身形体运动（步行、跳舞、攀登等）表现事件的全貌，交待时间、地点和时代特征等，并有利于表现人与环境的关系。

（4）中景：表现人体膝盖以上的部分叫中景，常常用于叙事性的描写，因为这种镜头既可看清楚人物半身的动作，也可看到所处环境的细节，有利于交待人与人之间、人与物之间的关系。

（5）近景：腰部以上的人像为近景，这种镜头既能让观众看清人物的面部表情，又可看到半身的动作和手势，使浏览者对角色产生一种交流感，产生置身事件之中的感受，不像全景、中景表现得那样客观。近景常用于表现某景的局部。

（6）特写：肩部以上的人物为特写。它把人或物完全从环境中推出来，让观众更集中、更强烈地去感受角色的面部表情和内在情绪，突出特定人物的情绪，细腻刻画人物的性格。

（7）大特写：表现人物的局部，如一双眼睛、一颗纽扣等。恰当地运用这种画面，可以产生强烈的视觉冲击力。

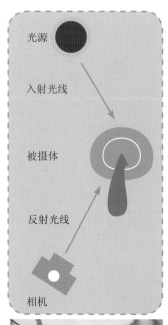

光圈：F2　焦距：85mm　快门：1/350s　ISO：100

人像摄影的景别分类

人像摄影的景别分为全身像、七分像、半身像、胸像、特写和大特写。

（1）全身像：拍摄全身人像，可强调美丽的身体线条与动态。在构图上要特别注意人物和背景的结合，以及被摄者姿态的处理。

（2）七分像：膝部以上，拍摄膝部到脸部，此种构图很适宜强调动态。

光圈：F2 焦距：135mm 快门：1/125s ISO：100

全身像

七分像

光圈：F2 焦距：85mm 快门：1/500s ISO：100

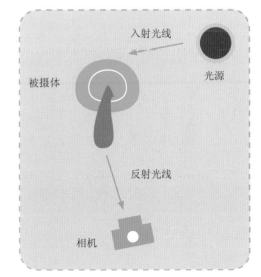

（3）半身像：从被摄者的头部拍到腰部，因不用考虑脚部的安排，可清晰地捕捉表情。除以脸部为主要表现对象之外，还常常包括手的动作。半身人像比近景或特写人像画面中有了更多的空间，因而可以表现更多的背景环境，能够使构图富有更多的变化。同时，由于画面里包括了被摄者的手，因此可以借助于手的动作展现被摄者的内心状态。

半身像

光圈：F2 焦距：50mm 快门：1/250s ISO：100

（4）胸像：包括被摄者头部和胸部的形象，以表现人物的面部相貌为主，背景环境在画面中只占极少部分，仅作为人物的陪衬。近景人像也能使被摄者的形象给观众较强烈的印象。同时，在画面中近景人像比特写多包括了一点背景，这点背景往往可以起到交待环境、美化画面的作用。

胸像

（5）特写：指画面中只包括被摄者的头部（或者有眼睛在内的头部的大部分），以表现被摄者的面部特征为主要目的。这时，由于被摄者的面部形象占据整个画面，给观众的视觉印象格外强烈，对拍摄角度的选择、光线的运用、神态的掌握、质感的表现等要求更为严格，摄影者应该仔细研究有关摄影造型的所有艺术手段。

光圈：F2 焦距：135mm 快门：1/250s ISO：100

（6）大特写：这种构图只拍摄脸部，所以表情、眼神、嘴角都是很重要的特点，表现的范围具体，冲击力也强。

在拍摄特写镜头时，对照射拍摄对象的自然光必须尽量加以控制，室外最好是在阴天拍摄特写镜头。在室内需要使用柔光罩，要使它尽量靠近拍摄对象，只要不伸进画面就可以了。

特写

光圈：F2 焦距：135mm 快门：1/250s ISO：100

大特写

光圈：F2 焦距：100mm 快门：1/125s ISO：100

对近处摄影而言，使胶卷平面跟拍摄对象平面平行是很重要的步骤，当然也会花费很多的时间。

第 3 部分 风景摄影基础

前景和背景各有各的作用，有时是为了突出主体，有时是构图的需要。前景在一般的照片中很少见，不是它不重要，而是很少人利用前景来拍照片，背景就不用多说了，是非常必要的。

当拍摄人像时，大多都需要背景的参与，选择合适的背景对表现人物有很大的帮助。背景的颜色应该和人物的穿着相适应，虽然色彩的和谐完全是个人的审美问题，但是仍然有一些规律是必须考虑的。因为一些色彩的集合只有在它能给人以舒适的感觉时才是和谐的，所以各种色彩相互搭配时不应有明显的冲突。

光圈：F4 焦距：135mm 快门：1/200s ISO：100

利用近处的水作为画面的前景，因为水在不停地波动，呈现梦幻的效果，远处的人物因为光线反差很大，从而形成了剪影效果。

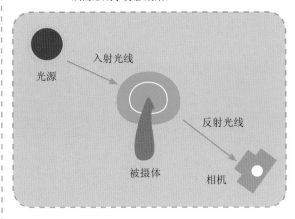

光圈：F2 焦距：50mm 快门：1/125s ISO：100

前景主要是在主体的前面或是周围，有的是美化画面，有的则是某种构图的需要，等等。背景则需要简洁、色彩漂亮，即避免零乱繁杂、喧宾夺主的亮色块景物以及反差强烈的景物。初学者更要避免人物头上出现树木、草等景物。

如何选择前景？

（1）在主体物之前放置修饰的景物，可以是树木、花草、建筑等景物。

（2）对焦时选择主体物进行聚焦，这样前景的景物就会虚化，可以更好地表现主体物。

光圈：F2 焦距：85mm 快门：1/400s ISO：100

微距镜头拍摄昆虫，其景深非常小，除了对焦准确的昆虫外，其他景物都是虚化的。

光圈：F8 焦距：85mm 快门：1/400s ISO：100

前景的树叶在逆光下只有轮廓，主体天空在晚霞的映衬下光彩夺目、斑斓多姿。

如何选择背景？

（1）背景一般都会伴随着主体物的产生而产生，简洁的背景往往可以很好地突出主体。

（2）选择背景时要简洁、颜色不宜过多，长焦镜头和大光圈镜头都可以很好地把背景虚化，符合拍摄的需要。

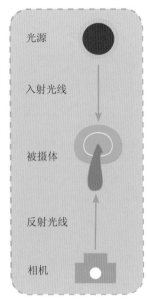

光圈：F4 焦距：35mm 快门：1/250s ISO：100

广角镜头取景范围广，如果要使画面简洁，选择背景的时候可以以天空为背景。

在构图中与前景密不可分的是背景。顾名思义，背景是那些位于主体之后的人物或景物。在这张照片中，主体鲜艳夺目，背景为树干，呈现灰色，与主体形成鲜明对比，更加凸显主体的地位。

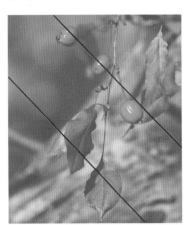

光圈：F2 焦距：135mm 快门：1/40s ISO：100

利用前景拍摄的益处有哪些？

（1）尤其在运动摄像中，前景能够增强节奏和韵律感。

（2）前景有助于强化画面的纵深感和空间感。

光圈：F2 焦距：50mm 快门：1/250s ISO：100

在拍摄远处的街道时，摄影师选择一处景物作为画面的前景，使画面的构图形式感发生了很大的变化。

（3）前景可以用来均衡和美化画面，比如拍摄街市外景时，可以用路边的广告牌、路灯等作为前景，以保持画面有均衡的视觉效果。

（4）前景可以用来与主体形成某种蕴含特定意味的关系，加强画面效果。

（5）前景还可以在画面周围形成一个边框，形成框架式的构图。

长焦镜头加大光圈拍摄景物，景深非常小，以至于焦点前后都是模糊的，使画面形成虚实对比。

光圈：F2 焦距：200mm 快门：1/200s ISO：100

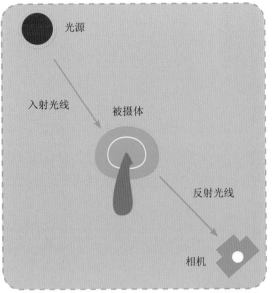

光源

入射光线

被摄体

反射光线

相机

让鲜亮的花卉作为人物的前景，衬托出画面的自然美。

焦距：55mm 光圈：F4 快门：1/250s ISO：100

数码摄影不求人——30天学会数码单反摄影图解版

构图是摄影、绘画、设计等艺术创作的基本，也是决定艺术创作成败的关键。

横构图是表现横向走势的景物，视角开阔。

光圈：F2 焦距：35mm 快门：1/250s ISO：100

横向拍摄的照片和人类的自然视野相似，视野非常开阔，画面很有气势，给人以一种安定感。

光圈：F2 焦距：35mm 快门：1/250s ISO：100

光圈：F2 焦距：85mm 快门：1/125s ISO：100

竖构图适合拍摄建筑物的纵向场景，主要表现高大的景物，给人雄伟壮丽的感觉。

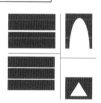

自然风景的景物范围比较广，可取的拍摄位置也比较灵活，在没有固定主体目标的自然风景中，大多以横向取景。当拍摄山川风景时，应该以山为主休，再取一些适当的景物作山景的陪衬，这样才不会在画面上形成孤山的感觉。

当采用横构图拍摄照片时，如果使用长焦镜头，画面给人视觉上的空间很小；如果使用广角镜头，虽然景物的延伸感不强，但是景物范围特别广。

光圈：F4 焦距：50mm 快门：1/500s ISO：200

三角形产生的静态效果使画面产生稳固和厚重的感觉。

曲线构图能让人从画面中感受到一种动态的优美。大自然创造的风景中有着各种各样的曲线，其中具有代表性的是河流的曲线。曲线会给风景添加圆滑柔和的感觉，同时又能表现出流畅的动感。调整相机的角度来改变弧线也是非常有趣的。

曲线构图适合表现林间小路或小河等对象，更适合表现小溪或海边等环境柔美的韵律。

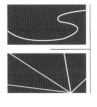

光圈：F8 焦距：35mm 快门：1/125s ISO：100

线条给人一种视觉的美感，在风光摄影中要去发现这些线条，并把它们提炼出来，从而更好地表达作品的主题思想。

在室外所看到的自然景物，都有其独特的特点，可以筛选出横、曲、斜等线条形式，在画面结构中发挥它们的作用。

光圈：F6 焦距：85mm 快门：1/250s ISO：100

风光摄影的器材配置

器材是摄影的工具，如果没有好的器材，高质量的照片就无法拍摄成功。

画面使用三分法构图，再用广角端拍摄，画面的视野非常开阔。

光圈：F11 焦距：24mm 快门：1/500s ISO：100

慢速拍摄有水的景物，由于水不停地运动会呈现虚幻的效果，从而体现水拍打岩石的感觉。

光圈：F11 焦距：24mm 快门：1/20s ISO：100

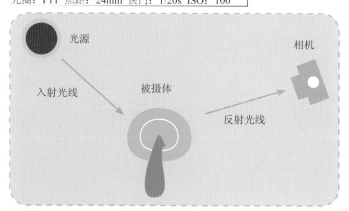

每个人的拍摄题材不同，能承受的开支也不尽相同，还有承受器材所带来不便的程度也各不相同，因此选择器材没有绝对的标准。不同的拍摄题材对相机的要求也各不相同，人物就不需要特别好的相机，家庭相机就可以达到要求，广告则需要高像素、清晰的相机。

数码技术日益更新，还有必要购买胶片单反相机吗？可以说，据目前的情况来看，短期内数码单反相机拍出的照片还无法达到反转片的质量。反转片通过电分可变为高质量的数码文件，反过来却无法办到，更何况还少了直接看底片或幻灯的震撼。拍摄风光照片的器材也是一样，根据自己的需要来选择器材。拍摄风景一般视角都比较开阔，广角镜头是不错的选择。

光圈：F16 焦距：16mm 快门：1/250s ISO：100

画面中的色块构成了一幅完美的画面，利用小光圈拍摄，保证画面中前后的景物都很清晰。

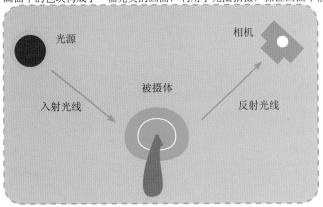

夜景拍摄

数码摄影是充满创造和灵感的艺术，与传统摄影相比，在拍摄夜景方面就显得稍微困难一些。

光圈：F8 焦距：35mm 快门：1s ISO：100

如果想要拍摄夜景，最好在天还没黑（或者有月光）的时候进行，否则天空就成了一片漆黑，没有层次感。

这幅图拍摄的时机欠佳，天空黑洞洞一片，缺少氛围。

利用场景模式拍摄

目前，许多高档数码相机都有 P（自动）、AV（光圈优先）、TV（快门优先）、M（手动）曝光模式，此外还提供了场景模式，最常见的模式就是夜景模式和人像模式。对于初学者来说，夜景模式是不错的选择。

光圈：F10 焦距：50mm 快门：8s ISO：200

电脑合成

传统摄影在拍摄时更多的是利用二次曝光，而数码时代不需要二次曝光，只要拍摄两张照片，就可以在后期利用电脑合成一张图片。

对焦

夜景的反差小、亮度低，相机对焦感应器对于低反差和低亮度的景物难以准确对焦。而数码单反相机都有手动对焦，这时就可以自行手动对焦，也可以寻找反差比较大的地方进行对焦。

三脚架

夜景拍摄使用三脚架是非常不错的选择，相机可以很稳地慢速曝光，运动物体在夜景里形成的动感还可以给画面增加色彩。

夜景拍摄最好不要使用评价测光，因其不能准确地进行曝光。

光圈：F2 焦距：35mm 快门：2s ISO：200

夜景拍摄一定要使用三脚架，它可以稳定相机，保持画面清晰。

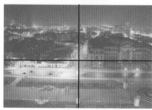

光圈：F8 焦距：35mm 快门：8s ISO：100

这幅照片在夜间拍摄时未使用三脚架，导致画面模糊。

光圈：F6 焦距：50mm 快门：6s ISO：200

雨天拍摄

　　雨和瀑布有着类似的地方，但是拍摄起来有很多的不同。雨天的光线主要是来自天空的散射光，一般照度比较低，光线很平，景物的反差也特别小。加上雨天的空气透视感较差，能见度低，景物的清晰度、色彩饱和度都会相对下降。

在雨天拍摄并不方便，因为雨水很容易把相机弄坏，但是如果拍摄过程中小心一些，这样环境下的照片会非常出彩。

光圈：F2　焦距：85mm　快门：1/250s ISO：100

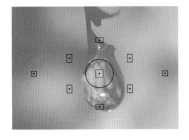

光圈：F8　焦距：50mm　快门：1/125s　ISO：100

以伞骨为主线的构图形式非常巧妙，透过透明的伞面，隐约可见当时天空的状况。整幅画面简洁利落，雨滴布满整个画面，给人一种朦胧的美感。

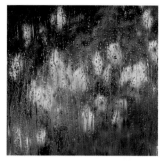

这幅图是在雨比较大时拍摄的，窗户外的雨顺着玻璃汩汩而下，带给人不一样的意境。

光圈：F4 焦距：50mm 快门：1/250s ISO：100

雨后留在车窗上的雨滴，透过玻璃上的雨水拍摄窗外的景色，照片的氛围感很强。

雨天的光线照度比较小，可以适当地提高一些感光度。雨水把叶子刷洗了一边，黄绿色的叶子在散射光的照射下会很透亮，选择这样的景物作为背景，画面也会很通透。

拍摄雨天要注意防潮，尽量选择能避雨的地方拍摄，拍摄完的相机不要急着放入包里，晾一会再放入包中。如果想表现雨滴下落的线条，需要选择比较暗的背景来衬托出雨水划过的线条。

光圈：F2 焦距：135mm 快门：1/250s ISO：100

雨打在女孩的脸上并四溅开来，阳光、笑容、飞翔的雨丝，怎能不构成一幅绝美的画面呢！

TIP

（1）在雨天拍摄时，最先保护好的就是相机，不要让它淋雨。如果没拍成照片，相机反而被淋湿了，那就得不偿失了。

（2）雨天的光线是散射光，平均照亮景物，影调平淡，在逆光角度拍摄照片的影调会更丰富。

（3）雨天的光线比较暗，而且有风，景物拍摄需要更高一些的快门速度，可以适当提高感光度来增加快门速度。

雪景拍摄

想要拍摄雪景，最好是雪后晴天，如能赶上清晨的光线则更好。在阳光下，运用侧光和侧逆光，最能表现雪景的明暗层次和雪粒的透明质感，影调也富有变化，即使是近景，也能产生深远的气氛。

冬天的雪景亮度大，拍摄时曝光量需要根据雪景的亮度来增加1档或是几档的曝光量。

光圈：F11 焦距：24mm 快门：1/800s ISO：100 +2EV

雪后初晴，选取枝头一角的雪后景象，逆光拍摄，以小见大，以蓝天为背景，干净整洁。

光圈：F8 焦距：35mm 快门：1/500s ISO：100 +2EV

在拍摄雪景时，正确测光和正确曝光是成败的关键。在大面积雪景中，用照相机内测光系统测光，根据显示的数据拍摄雪景。一般都是曝光不足，这是因为照相机的内侧光表都是以18%灰来进行测光和曝光的，它所显示的数据是综合场景中高光部分、中间色调和阴影部分的平均光值。这在大多数情况下是可行的，但在雪景中，强烈的反射光往往使测光结果相差1～2级曝光量。此时，可以使用曝光补偿，增加1～2级曝光量，也可将相机对准中间色调物体，采取局部近测，并按此时测得的数据，将相机调到"手动"位置进行拍照。有入射光测光表的摄影者，在雪地里根据照射在被摄物体上的光束测光，按所得曝光数据拍照，就可以还原雪景的颜色。

海景拍摄

大海千变万化，主要是因为其水面不仅反射喜怒无常的天空，而且把它们夸大了许多。捕捉其千姿百态的形象，对摄影者来说具有无穷的挑战性。

快门速度的高低对拍摄海景至关重要。如果想凝固海浪的水滴，就尽量设置高速快门，如果想得到模糊的效果，就尽量放慢快门速度。还可以选择特殊的滤光镜来增加效果，如偏振光滤光镜、渐变滤光镜、中性灰密度镜和光平衡滤光镜可用来减少反光，调整光线的变化，同时又不大影响整体色彩；红、黄、橙滤光镜是黑白摄影中最常用的滤光镜，这些滤光镜可压暗蓝天，突出白云。请记住，所有的滤光镜都吸收一部分光线，因而在使用时必须延长曝光时间。

F/8　　　　　F/11

F/16

在拍摄风景照片时，一般采用小光圈拍摄，小光圈拍摄景物景深大，可以保证景物的前后都是清晰的图像。

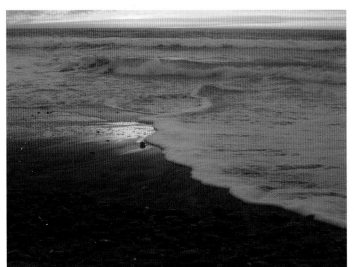

光圈：F8 焦距：24mm 快门：1/400s ISO：100

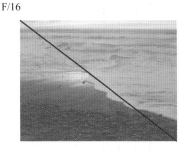

傍晚时分的太阳色温很低，给人以暖色调的感觉。

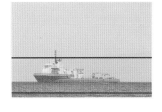

利用三分法构图拍摄海面上的船只。

光圈：F8 焦距：24mm 快门：1/800s ISO：100

彩霞拍摄

由阴转晴的天气,当太阳尚未落到地平线以下时,往往出现晚霞,这种情况在冬季较为常见。朝霞和晚霞在形态上基本相同,只是朝霞所含的蓝紫光略多于晚霞,拍摄的方法没有多大区别。

太阳刚好被厚厚的云层遮住,形成了散射的光带,整个画面对比强烈、层次分明。

光圈:F8 焦距:85mm 快门:1/250s ISO:100

夕阳透过云层呈现燃烧般的亮黄色,犹如撕破天空一般,这样的光线条件下拍摄的桥梁具有很强的立体感。

光圈:F8 焦距:24mm 快门:1/500s ISO:200

此时进行拍摄,因光照角度低,最好选用侧光或侧逆光拍摄,以增加物体的立体感和质感。同时,更能显示出物体反射出来的金光,从而增强艺术效果。

需要注意的是,使用自动曝光相机拍摄朝霞和晚霞景色,容易出现曝光严重不足的现象,这是因为天空中有太阳发出的强烈直射光影响了相机测光。在拍摄时,设置手动模式,适当增加曝光量。当彩霞出现的时候,一般色温是比较低的。如果想使彩霞红一些或黄一些,把相机的色温设置得比外界色温稍高一些就可以达到效果,后期调整也非常方便。

植物拍摄

植物的拍摄似乎要比动物容易，但是，要拍得具有美感，也并不容易。植物不像动物那么多姿多彩，它把自己的美丽和独特隐藏了起来，只在特定的时间才向人们展示出来，所以选择光线是非常重要的。

除了主体之外，光线也是花卉照片成功与否的关键。光线选择和运用得不恰当，最终导致照片没有质感和层次感，要么曝光过度或曝光不足，要么亮部与暗部反差大。光有强度大小之分，光线过强或过弱都不行，尤其是光线不足的情况，拍摄出的照片效果更是大打折扣。最合适的曝光是拍摄植物的最好表现方法，再加上良好的构图，照片会更加完美。

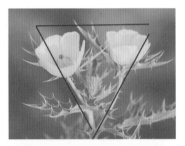

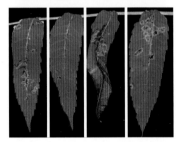

光圈：F2 焦距：35mm 快门：1/400s ISO：100

使用对称构图拍摄一个枝头上的两朵花，同时使用小景深的虚化作用来突出主次之分。

光圈：F8 焦距：50mm 快门：1/200s ISO：100

采用俯拍的方式拍摄了拥簇的植物，绿色的叶片充斥整个画面，颜色鲜艳而明亮，但层次分明，给人很强的视觉冲击力。

以深色的背景来突出花朵洁白的花瓣、嫩黄的花蕾、细长的花茎以及整体的优美形态。

光圈：F2 焦距：50mm 快门：1/200s ISO：100

一般来说，早晨的光线入射角度小，质量好，使照片有一种特殊的柔和感；中午的光线入射角度大，不好控制，但在突现立体感时能派上用场；黄昏前后，光线入射角也小，但变化速度快，要抓住时机，及时拍摄。

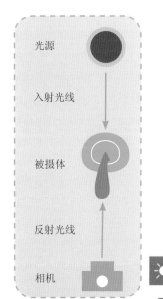

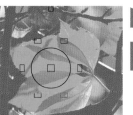

光圈：F2 焦距：35mm 快门：1/250s ISO：200

在逆光的条件下，树叶的通透感和层次感非常强，从而增强了整幅画面的立体感。

对于不动的植物来说，三脚架也是必要的，它可以让画面更加清晰。在进行拍摄时，一般选用微距镜头或长焦镜头。微距摄影方式使焦点距离变长，可以把背景排除，突出植物的主体；长焦镜头可以虚化背景，突出主体。

流水和瀑布拍摄

大自然的拍摄题材很多，流水和瀑布更是深受摄影爱好者的喜爱，但怎样才能拍出漂亮且令人叹为观止的流水、瀑布照片，却值得我们好好研究，因为正常（标准模式下）的拍摄方法难以拍摄出好的流水或瀑布照片。也就是说，不能逼真地体现流水和瀑布的流动、飞泻而下的那种感觉。

拍摄流水有以下几项事宜需要注意。

（1）一般采用慢速快门曝光，且应该根据流水的速度来调整相机的快门速度。

（2）必须使用三脚架固定机身。

（3）用偏光镜调校水面的反光程度。

（4）不要对着瀑布与流水直接测光，尝试以岩石或草木作为测光主体，以环境光暗评估曝光补偿值的加减幅度。

（5）在阴暗的溪谷内拍摄瀑布与流水，由于色温偏高，相片很多时都会呈现偏蓝的冷调。如果不喜欢这种调子，可以使用RAW格式拍摄，这样后期调色会比较方便。

光圈：F11 焦距：45mm 快门：1/350s ISO：100

慢速快门下，瀑布如有一缕轻纱挂在山涧，水雾在阳光下形成五彩的光带，异常美丽。

光圈：F16 焦距：35mm 快门：1/125s ISO：100

急流在慢速快门的拍摄下变得如梦似幻，在绿树红叶的映衬下，别有一番景象。

雾景拍摄

一幅成功的雾景照片，会给人留下奇幻而美好的回忆，特别是在旅游中，淡淡的云雾常使景色更添异彩。

雾是由细小的水滴形成的，所以雾能反射大量的散射光，距离越远，散射光越多，色调越明亮，远处景物越看不清。因此，薄雾笼罩下的景物可明显地从色调上区分出前景、中景和远景，可以很好地体现空间的纵深感。薄雾能掩盖杂乱无章的背景，简练地勾勒出画面中的主要形象，提高表现力。拍摄雾景照片可以选择雾中有景的画面，也可以选择景中有雾的画面。当大雾弥漫时，可以拍摄雾中有景的照片，要尽量选择有近景、中景、远景的景物，以表现景物的纵深感，使近景景物主体突出，层次细腻。拍摄雾景的时候，曝光时间也要比一般摄影时间稍长一些，以便有雾气的感觉。

雾天的景物过于朦胧，既缺乏色彩，又没有光影，所以拍摄起来具有相当大的难度。

虽然大多数摄影者不看好雾景，但它却又自己独特的魅力。在风景摄影中，它可以增加空间感，使景物层次分明。雾有浓重稀薄之分，从摄影效果着眼，薄雾使得远处景物影影绰绰，浓雾则将画面局部留白，营造出犹如中国画一般的效果。

光圈：F8 焦距：16mm 快门：1/125s ISO：100
薄雾形成的空气透视感使画面中的许多景物若隐若现，给人神秘莫测又充满吸引力的感觉。

光圈：F8 焦距：16mm 快门：1/125s ISO：100
主体位于画面左下角处，右上角留白显得雾气很重，草原上的小屋静谧又诱惑。

云的拍摄

云在天空中会随着天气变化而凝结、移动和消散。云的确很美，而且有多种不同形象，一般常见到的有浮云、朵云、鱼鳞云、片云、条云、层云、火烧云等。

拍摄一般景物最好以稀疏的白云作陪衬，这样易于控制画面的结构，显示出景物的主次。但有时也会颠倒过来，例如在遇到白云的层次和形状很好，而地面上景物不适于作主体的时候，可利用白云作为主体而让地面景物作陪体。在夏季拍云景，最好在下雨前后的早晚，或雨后天晴的下午，或者台风到来之前，这些时候常会出现各种意想不到的云景。

光圈：F11 焦距：24mm 快门：1/500s ISO：100

大片的云朵低低地压在山头，白色的云、蓝色的天和地面上黄绿色的山形成了色彩丰富的画面。

云在风景照片中起着关键的作用，它能够增加景物的美观，使画面均衡。在无垠的大地上进行风光摄影时，景物中的云可增加画面的美感。

云以其独特的形状随时变换，在拍摄风景照片时占据了主要的位置。它把天空渲染得更加漂亮，让大自然也多了几分它的漂亮影子。

光圈：F8 焦距：45mm 快门：1/640s ISO：100

夕阳将要落下水平线，光线比较微弱，厚厚的云层被镶上了金边。

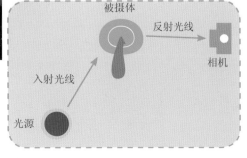

烟火拍摄

烟火喷出的火星划过夜空，留下了美丽的足迹。节日里的烟火，在漆黑的夜空显得无比绚丽多彩。

这样漂亮的景色也是摄影者最想拍好的一项景物，但对于一个初学者来说，拍出漂亮的烟火，仅靠相机的自动功能是不可能的。在夜晚的不同时刻对烟火曝光，曝光亮度是不同的。拍摄烟火需要手动设置相机，当烟火散开的一瞬间对准烟火进行测光，最好让烟火充满整个画面。然后根据这个曝光量设定曝光组合，不同的快门速度会形成不同的效果，多拍几次找出最佳的曝光组合。

漆黑的夜空，烟火的曝光不足以把夜空给曝亮。为了在一张照片上留下多个烟火的漂亮足迹，可以使用多次曝光功能。

在对烟火对焦时，如果相机的对焦反映稍慢，拍摄的照片就是虚的。最好使用三脚架固定相机，先自动对焦，然后手动对焦就可以了。

光圈：F2 焦距：55mm 快门：3s ISO：200

长时间的曝光使烟火形成的光迹被定格下来，各种色彩和各种形态交织出现，无比绚丽。

光圈：F4 焦距：85mm 快门：1/2s ISO：200

绽放的烟花像是芦苇在微风中轻轻摇曳，勾起人的无线遐想。

光圈：F2 焦距：50mm 快门：1/5s ISO：200

支好三脚架，静静等待五角星绽放的精彩时刻吧！

草原风光

　　草原照片的核心是线和色彩。利用构图和取景，能够使线和色彩表现出最美的一面，使其充分表达出主题内涵。合理布局浮云和草原的轮廓以及中心位置的辅助被摄物，就可以表现出画面在视觉的稳定感和平稳感。

　　当拍摄风光时，最好带上一个稳固的三脚架。草原天空上的云彩是变化无穷的，白云在蓝天的衬托下可形成很好的陪景。在有大量的牲畜时，要选择高角度。取景时最好把地平线放到画面的五分之一处，甚至放到画面的边缘之处，切勿天空草地各占一半。为避免牧场给人以空旷之感，可有意识地将弯曲的河流、沼泽安排到画面之中，它不仅可以美化构图、丰富影调，还可以给人一种水丰草茂、生机盎然的感觉。

光圈：F16　焦距：16mm　快门：1/250s　ISO：100

植物在草原上形成了优美的线条，线条又组成各种形状。不同形状的色调变化，使画面元素更加丰富。

秋天的草原一片金黄色，枯树、远处起伏的山脉，让草原看起来更加广袤，别有一番景象。

光圈：F11　焦距：50mm　快门：1/200s　ISO：100

TIP

　　（1）不同季节的照片，颜色上会有很大的差异。如果颜色运用得恰当，照片会更加美观；如果颜色混乱，拍摄的照片会很复杂。

　　（2）为了得到草原上的大面积景物，需要站在山上的最高点，这样才能记录更多的草原影像。另外，还需要使用广角镜头拍摄。

　　（3）草原色彩丰富、鲜艳，需要善于观察，从中找到适合的色彩安排在画面上。

数码摄影不求人——30天学会数码单反摄影图解版

焦外成像特效

　　焦外效果开始被越来越多的人喜爱，特别是人像摄影，很多时候都需要人物清晰、背景模糊的画面。焦点前后虚化的影像通常称为焦外成像。现在很多相机都可以做到焦外成像，照片中有虚焦的景物和实焦的景物或都是虚焦的景物形成的画面。

　　对于焦外成像，在胶片摄影时代就是很多器材发烧友们非常感兴趣的话题。如今，数码单反相机之所以受到众多摄影爱好者的喜爱，焦外成像的图片就是原因之一。

光圈：F4 焦距：50mm 快门：1/500s ISO：100

焦点上的人和马是清晰的，焦外的树木和草丛是虚化的，描绘环境的同时突出了主体。

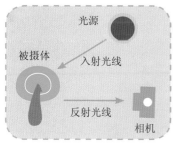

背景中树木离画面主体人和马距离较远，虚化的程度也比较强，但相对这幅照片来说还是恰到好处的。

光圈：F2 焦距：100mm 快门：1/500s ISO：100

光圈：F4 焦距：85mm 快门：1/640s ISO：100

画面在于突出在场外等待消息的人们的焦急心情，虚化的背景正好突出了人们的表情。

　　焦外成像的图片，其景深特别小，主体物为实焦，周围环境背景为虚焦。特别是在拍摄人物照片时，突出了人物主体，这种效果是非常好的。想达到这样的效果也非常简单，大光圈、长焦镜头就可以了。

女孩回头的一刹那，带有一丝微笑，在背景清新又充满阳光活力的映衬下，显得更加单纯可爱。

光圈：F2 焦距：135mm 快门：1/125s ISO：100

光线特征

如果把摄影师的照相机比作"画笔"，那么光线就是他的"油墨"，即摄影师用光涂抹照片。就像画家挑选合适的"油墨"一样，摄影师也需要仔细地选择所要用的光。

光圈：F8 焦距：65mm 快门：1/350s ISO：100

夕阳的斜射光线将镂空金属门的影子映射在墙上，突出了古老建筑相接拱门的立体感，上面的质感和岁月的沧桑感也表现了出来。

光线的基本特征

所有的光，无论是自然光或人工室内光，都有明暗度、色彩、方向等特征。

（1）明暗度：表示光的强弱，随光源能量和距离的变化而变化。

（2）色彩：光源和它所穿越的介质的不同，产生出多种色彩。自然光与白炽灯光或电子闪光灯作用下的色彩不同，阳光本身的色彩也随着大气条件和一天时间的变化而变化。

（3）方向：单一光源的方向很容易确定，而有多个光源诸如多云天气的漫射光方向就难以确定，甚至完全迷失。

色彩差异

明暗度变化

光线的基本方向

根据相机、被摄体和光源所处的方位，可从任何一面捕捉到被摄体。当主光源很强时，如明亮的阳光落在被摄体不同部位，会产生出不同的效果，可分为正面光、45°光、90°光和逆光 4 种基本类型的光线。

光圈：F4　焦距：85mm　快门：1/125s　ISO：200

五彩斑斓的小石块，在灯光照射下熠熠生辉。

光圈：F4　焦距：85mm　快门：1/125s　ISO：200

暖色灯光照射下的古朴茶具，看起来更加有味道。

光圈：F16　焦距：16mm　快门：1/400s ISO：10

夕阳的斜射光线最能体现出物体的立体感，在这幅照片中，光线所形成的山与阴影的交替出现，将立体感和纵深感生动地体现了出来。

光圈：F8　焦距：50mm　快门：1/500s　ISO：100

安静的午后，阳光悄悄地从这条小道拾级而上，继续未完的旅程。

对摄影师来说，自然光或日光是最廉价而且最方便采用的光线，然而这种光却是一种较难控制的光，尤其是在进行彩色摄影时，这种难度更大。这是因为自然光是变化不定、难以预料的，它不仅在亮度上不断变化，而且颜色也在不断变化（人眼很难觉察）。

通过光，形成了摄影师自身的造型方式，决定了画面的表述意图；通过光，不仅形成了作品独有的艺术气息，同时其在相应摄影师手中，也产生了各自的艺术风格。

光圈：F2 焦距：35mm 快门：1/45s ISO：400

外面的光线透过教堂高大的窗户照射进来，窗户的形状和线条以及缝隙中展现的外面的世界成了画面的主体。

在摄影艺术中，摄影师能充分发挥摄影独特的造型手段——光。对光的认识是摄影师艺术才能中最重要的组成部分。光本身是以多种不同的形式表现的，摄影师可以从中选择最合适的形式来达到特殊的目的。光的这些形式是可以控制的，它们可以被用来在照片上明确地表现特定的被摄体的特性、概念和情绪。

焦距：85mm 光圈：F11 快门：1/45s ISO：400

以仰视的角度拍摄，在地光的照射下，门廊的柱子显得庄严肃穆，给人一种神秘而又威武的感觉。

灯光的明暗对比使画面看似平淡，实则主体突出，整体描绘了现代城市的繁华夜晚。

光圈：F11 焦距：24mm 快门：8s ISO：100

　　在照明强度很高时，被摄体显得比较明亮，反差较大。如果摄影师善于抓住和珍视被摄体上这种不同的变化，就可以运用适当强度的光，更好地突出被摄体的特性。有些摄影师往往认为非常明亮的光线会使被摄体显得太刺眼，强光部分太亮，阴影部分漆黑一片。因而人为地降低这种反差，制作出相对来说反差较低的照片，结果反而缺乏了特殊照明条件下那种典型的特点。

光圈：F16 焦距：35mm 快门：8s ISO：200

华灯初上的都市，天空的光芒还未褪尽，夜晚的万家灯火已经粉墨登场。

路边一盏路灯成为画面的视觉落脚点，但并不是画面的主体，人们的视线会随着灯光观察被照亮的周围环境。

光圈：F5.5 焦距：55mm 快门：1/20s ISO：400

直射光强烈耀眼，反差大，可造成清晰突出的阴影。经过反射形成的散射光比较柔和，反差小，可造成灰色、模糊的阴影，或者根本没有阴影。当然，在这两者之间还有无数的过渡阶段。实践表明，直射光造成的阴影部分，可以随着光源与被摄体位置的变化，或者摄影者与光源的位置的变化而变化。这种阴影能够因其形状和所占部位的大小，加强或削弱被摄体的特性。而且反射光能表现出被摄体的形状，并能细腻和自然地再现出它的原貌，而与被摄体和光源的相对位置关系不大。因此，直射光要比散射光更难以成功地运用，因为运用不当结果反而更糟。如果正确运用，它会使摄影师拍出对比强烈、具有黑白图案效果的生动画面，远远胜过用散射光取得的效果。

画面中的光线主要来自店铺外的广告灯箱和霓虹灯，也是城市夜景中一道亮丽的风景线。

光圈：F3.5 焦距：24mm 快门：10s ISO：100

对焦在灯光环境下是一个让人头疼的难题，一般的自动对焦功能都需要在一定的照度下完成，照度太低，很多相机就无法自动对焦了。在对焦模式上，常使用亮度高或者亮部面积大的画面部分作为参考，但如果焦点恰恰在这之外，实现准确对焦就更难了。这里推荐使用手动对焦来锁定焦点，手动对焦的好处就是一旦对焦完成，无论光线怎么变化，焦点起码是不变的，这很重要。

俯瞰城市夜景，灯光也可以形成各种优美的线条和形状，从另一方面展示着人类的伟大创造力。

光圈：F8 焦距：35mm 快门：5s ISO：100

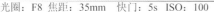

曝光控制是指对客观性光线的通入量进行控制，它已随着照相器材的逐渐精密而成为一种内在的自动过程。但是，在摄影中作为主观成分的光，与复杂的曝光控制系统毫不相干。它所涉及的主要是人和极为丰富的题材，这对任何严肃的摄影师来说，都是至关重要的。

光圈：F3.5 焦距：35mm 快门：5s ISO：100
长时间的曝光将光迹清晰地定格下来，向人们呈现了一种平时人眼难以看到的景象。

拍摄这些画面的时候，自动曝光的功能都不会很精确，尽量使用手动曝光是最好的解决办法。单就夜景和灯光下拍摄来看，理论上讲，降低快门速度可以保证画面曝光更充分，这一点和增益提高亮度不同，它是延长了曝光时间来实现的。慢快门拍摄的静态画面质量还不错，不会增加太多噪点干扰，但是有一个问题，就是动态画面比较麻烦。由于快门速度的降低，动态画面将变得相对模糊，有严重的拖尾现象。快门速度越低，动态画面的虚化和拖尾就越严重，直到惨不忍睹。所以，在拍摄时应仔细观察环境特点，慎重使用慢速快门，控制得当可以作为一种增加曝光的办法。这时候一个坚固的三脚架是必不可少的，因为，慢速快门下如果手持拍摄，即使拍摄的是静态景物，拍摄者的晃动也将让慢快门的劣势暴露无遗，降低快门速度拍摄的手段也就没有任何意义了。

具体操作是，调整光圈，通过光圈变化，一定要把将拍摄的主体曝光表现好。至于主体之外，比如发光灯源本身可能会曝光过度，不用在乎它，只要主体曝光合适就好。

在同一场景下，不同景别的画面曝光一定要保持一致，这样，后期剪辑的时候这些画面的组合才会协调统一。要是主体和背景都想兼顾，这就需要一番更精细的调整才能做到。在光圈一定的情况下，不要改变曝光。可以使用照明工具对主体或背景进行布光，直到达到满意的效果。

还有一个认识上的误区，有些用户往往认为，主体的光线越明亮越好，这就好比现在大多数影楼拍摄的婚纱照一样，一律是大白脸。其实，在艺术创作中，主体光线的明暗关系完全取决于镜头内涵和影片风格，曝光不足也许正是要表达的低沉、阴郁的气氛呢！所以，关于曝光，"准确"是前提，"正确"是标准。也就是说，在准确曝光的基础上，按照画面需要再进一步调整机器的曝光，达到最后的正确。

总之，摄影师拍摄的照片质量如何，要依靠光线的主观性。摄影师手中的照相机，会忠实地记录下他清楚看到的，并且深深地感觉到的事物。

数码摄影不求人——30天学会数码单反摄影 图解版

第4部分 人物摄影基础

拍摄人物的光线

照射人物的光线有直射光和柔光。所谓直射光，一般是指硬光，在景物表面产生明显明暗对比的阴影光线。在拍摄男性时，为表现男性的轮廓与骨感，可用直射光拍摄；在拍摄女性时，特别是美女写真这类的题材，很少用到生硬的光线，它产生的明暗阴影成像在女孩的脸部，有时会破坏美丽女孩的形象。拍摄女性一般将光比控制在1:2左右，硬光很难实现这一光比，必要时可以使用反光板来适当增加暗部的光线。

室外的光线都不是我们所能控制的，所以必须去寻找最佳的光线效果。直射光线一般不是拍摄人物的最好光线，这种光线产生的阴影让很多人不喜欢。但如果控制得好，这种光线也可以完美地展现人物。

光圈：F2 焦距：85mm 快门：1/450s ISO：100

侧逆光在人物的边缘形成亮色的线条，配合暗色的背景使人物的侧面轮廓更加清晰。

室外拍摄人像，很多时候都是直射光线，太阳光直射在人物身上。如果脸不对着太阳光，脸部都会落在阴影里，明亮部分和阴影部分的光比一般很大。当拍摄时如果以人物脸部进行曝光，明亮部分多数会出现过曝现象。

光圈：F3.5 焦距：24mm 快门：1/80s ISO：200

人物背后大片的光源形成一种非常神奇的效果，配合低角度的仰拍，整个画面充满科幻的色彩。

数码摄影不求人——30天学会数码单反摄影 图解版

拍摄景物的光线

摄影是光与影的艺术。风景中的景物和其他东西一样，有了光线的照射，才会产生明暗的层次、线条和色调。在拍摄景物时，只有了解每种光线的来源，以及光线的强弱带来的影响，从而更好地加以运用，才能充分表达景物的光线效果。

正面光对景物的效果

用正面光拍摄景物，可以使景物清朗而具有光亮、鲜明的气氛。但正面光照射在景物上过于平整，缺乏明暗之分，往往会使景物主体与背景的色调互相混淆，缺乏景物的立体感。

顺光拍摄得到的图像整体都比较清晰，但没有主次之分，缺乏立体感。

光圈：F11 焦距：35mm 快门：1/125s ISO：100

侧光对景物的影响

利用侧光拍摄景物，由于光线斜照景物，景物自然会产生阴影，显现明暗的线条，使景物具有立体感。景物有了立体感，背景的色调就不易互相混淆，但拍摄侧光景物，要注意阴暗部分色高的深浅。以阴暗部分确定测光时间，但最好以中性灰为测光基调，使景物阴暗部分的层次能够充分显示出来，使画面层次丰富。侧光是几种基本光线中最能表现层次、线条的光线，也是最适宜拍摄风光照片的采光。

侧光拍摄庄园一角，一望无际的绿色藤架配合蓝蓝的天空，给人一种清新自然的美感。

光圈：F16 焦距：50mm 快门：1/2500s ISO：100

逆光对景物的影响

逆光照射景物，景物中被光线照射的部分都会产生光亮的轮廓，因而就能使物体与物体之间都有明显的界线，不会使主体与背景混合成一片深黑色的色调。因为逆光造成的这种光亮的轮廓使主体与背景物截然分开，这就是逆光独有的特点。

逆光是从景物背后照射来的，我们拍摄的对象必然是没有直接光线照射的阴暗部分，因而也就很难表现出景物的明暗层次和线条。但是逆光照射在一切物体的背后，如果物体与物体之间距离不很远，就会互相反射光线。在拍摄逆光景物时，往往会因光亮的轮廓和镜头前面的光照影响拍摄者的视觉，造成曝光不足。因此，拍摄逆光景物只有以景物的阴暗部分或中性灰来确定曝光时间，才能充分显示出景物的层次。另外，逆光照射下的平地、水面以及一切仰面物体，会自然地产生一片强烈的白色反光。为了避免这部分与其他物体色调反差过大，运用柔和的光线拍摄较为适宜。

逆光拍摄透过树枝缝隙的光芒，恰好将天上的太阳和水里的倒影一同纳入镜头，使整个画面充满唯美的梦幻色彩。

光圈：F11 焦距：85mm 快门：1/125s ISO：100

高光对景物的影响

太阳升至天空垂直地照射大地时，就是高光。高光是一天中阳光最强烈的时候，因此，光线强烈，阴影必深。同时高光又是从高空垂直照射下来的光线，除了能表现由上到下的阴暗层次外，并不能表现出物体的质感。这种光线不是拍摄风光的理想光源，非必要时拍摄的景物，应尽量避免采用。

低光、反光对景物的影响

利用低光拍摄风光照片，不但可以获得极其柔和的效果，而且富于变化。但低光属于光谱中的红色成分，表现出来的颜色呈黄、橙色，对景物原有的色调有一定的影响。因此利用低光拍摄景物，首先要注意光线对景物色调的影响，然后决定是否适合运用滤色镜拍摄，使有色的低光光线不至于影响景物的原有色调。反射光是间接的光线，比直接的低光更柔和，但它只能对景物中物体的阴暗部分起反射作用，因为反射范围是有限度的，所以它除了可以辅助物体本身阴暗部分的表现外，其他时候起不了很大的作用（加偏振镜）。

光线对景物的层次、线条、色调和气氛都有着直接的影响，景物在照片中能否表现得好，完全依赖于光线的运用。因此，必须了解每一种光线对景物的作用，才能获得理想的效果。只有经常观察各种光线在景物中的自然变化和影响，才有助于我们对光线效果的认识。

人像使用反光板

室外拍摄人像，很多时候都是太阳光直射在人物身上。如果脸不对着太阳光，脸部都会落在阴影里，明亮部分和阴影部分的光比一般很大，拍摄时以人物脸部进行曝光，明亮部分多数会出现过曝现象。在使用反光板后，一方面可以得到照射到被摄者脸上的定向光线，使脸部的曝光量增加一到两档，另一方面避免背景出现严重的曝光过度。

使用反光板对人物面部补光，避免了逆光拍摄人物面部的曝光不足。

光圈：F3.5　焦距：200mm　快门：1/350s ISO：100

反光板是拍摄人物时一个非常好用的附件，它在脸上的反光光线虽然微弱，但足以打亮人脸，在人物眼睛里产生一种明亮的眼神光。

在拍摄人像时，如果没有反光板补光，人物脸部会比较暗。如果以人物脸部进行曝光，势必要增加曝光亮，背景很可能会曝光过度。如果以人物和背景整体测光拍摄的照片，脸部又会比较暗，这时反光板就起到了非常大的作用，微弱地提高脸部的亮度，人物皮肤也会白一些,背景也不至于曝光过度。

光圈：F2 焦距：135mm 快门：1/200s ISO：100

反光板的补光在保证曝光正确的同时，保留了人物皮肤的质感和细节，避免了闪光灯光线的直白和呆板。

人物摄影的器材配置

相机是摄影的工具，但如何合理地配置相机呢？此类问题的解决方案和买生活用品差不多，根据自己的需求来配置。当然，性能好的相机拍摄出来的照片质量非常高，但是价格也非常昂贵，不是一般家庭所能接受的。

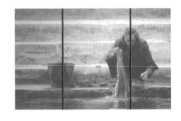

光圈：F4 焦距：55mm 快门：1/350s ISO：100

标准镜头接近人眼的视角，拍摄的照片更加真实，非常适合拍摄人文、纪实类照片。

对拍摄人像来说，镜头显得更关键一些，普通的单反相机机身就可以达到要求，广角镜头、中焦镜头、长焦镜头都可以用来拍摄人像，只是各自的特点不同而已。使用广角镜头近距离拍摄人物，其透视感的效果也是表达人物的一种方法；中焦镜头（标准镜头）的镜头视线比较接近人眼所观察到的景物范围，拍摄的效果也让大众容易接受；长焦镜头算是目前摄影爱好者用得最多的镜头，他们为了得到某种艺术美感，利用长焦镜头虚化背景，突出人物。

较长的长焦镜头也可以虚化背景，但是这种过度的虚化会使人物显得不自然。焦距段越长，所需要的快门速度也高，这样才能保证人物清晰。

在拍摄人像时，大多数摄影者喜欢用焦距范围为85～135mm的中长焦镜头。使用这个焦距段拍摄的效果比较自然、真实，不会像广角镜头那样引起面部失真，也不会像较长的长焦镜头那样引起压缩。

光圈：F4 焦距：135mm 快门：1/400s ISO：100

运动场上一位给球员加油的球迷喊累了，将水袋中的水挤进口中，从侧面反映了运动场的氛围。

人像拍摄姿势

姿势,通常是指人身体呈现的样子。在一幅照片中所反映出来的,主要是被摄者头部与肩部同照相机形成的一定角度及其手摆的位置。如果拍摄的是全身像,就还要包括被摄者身躯和下肢的位置。在任何一幅照片中,只要有人的影像,人就必然会表现出一定的姿势。

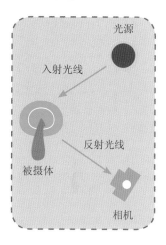

光圈:F2.8 焦距:55mm 快门:1/500s ISO:100

这些非洲女人在田间劳作的姿态真实地反映了当地的生活状态,使画面极具人文特色。

人像的姿势也决定着一幅人像照片是否拍得好,姿势决定了这个人身体的协调能力,如果模特放不开,身体就会很僵硬,僵硬的姿势必然让画面呆板。在拍摄人像时,用光和构图都可以很好地控制,而在镜头前美女摆的各种 POSE,就不那么容易控制了。

采用大光圈拍摄,虚化背景,女孩斜倚着石墙,出神地想一些事情,开心处,绽放一脸甜蜜的笑容。

光圈:F4.5 焦距:85mm 快门:1/450s ISO:100

侧卧的姿势表现出了女性的曲线美,身后随意绽放的枝丫更加衬托出女孩的柔美。

光圈:F2 焦距:135mm 快门:1/200s ISO:100

女孩的腿部姿势非常具有动感，而双手的姿势又增添了整体的形态美。

光圈：F3.5 焦距：135mm 快门：1/250s ISO：100

手的姿态，身体、脚的摆放，都决定着人物的 POSE。不要在拍摄的时候，不知道手往哪儿放。手臂的曲线和身体的曲线一样，都是诱人的美，但是一定要给自己的动作一个理由，否则就会显得做作。两手下垂、手勾腰、手插在裤兜里或者提起裙子都是很好的姿势。

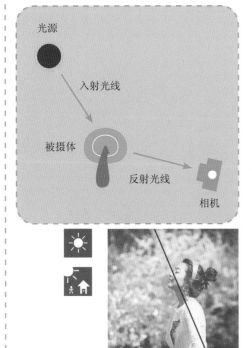

光源

入射光线

被摄体

反射光线

相机

看到女孩陶醉的神态，你是否也感同身受，能闻到花的香味呢！你也来试试、双手勾腰，闭上双眼，微微前倾身体，呼吸一下大自然的新鲜空气吧！

光圈：F4 焦距：85mm 快门：1/500s ISO：100

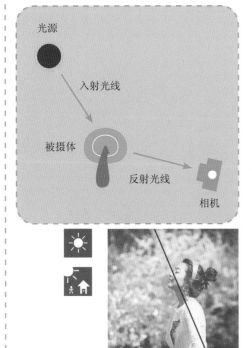

数码摄影不求人——30天学会数码单反摄影 图解版

光线对摄影来说有着决定性的意义，漂亮的照片都离不开对光线的把握。自然光的光线我们没办法控制，去寻找合适的时机、角度，把握自然光的变化是拍摄室外景物所必需的。

正午光线比较强烈，照在花朵上，使得花朵鲜艳夺目，质感十足，强烈刺激人的眼球。

光圈：F2.8 焦距：85mm 快门：1/450s ISO：10

反光板

光圈：F5.6 焦距：50mm 快门：1/350s ISO：100

正午强烈的光线直直地射在女孩的皮肤上，此时要给人物的暗部进行补光。

　　自然光因天气的不同，也是变化万千的。散射光均匀照射的软光，是发光面积较大的光源发出的光线，最典型的散射光是天空光。这种光线柔和，可以减弱对象粗糙不平的质感，使其柔化。用于拍人物时，长者显得年轻些，年轻人显得漂亮些。

　　直射光是带有方向性的硬光，能使粗糙的景物具有体积感和质感，但是照射人物会形成很强的阴影。当采用低角度的阳光照射时，可以使用测光照明，对被摄对象的造型有很好的表现。这时，人物脸部会有阴影，可以让模特侧一下脸将整个脸都转到光线中。为了避免产生太深的阴影，可以采用反光板或闪光灯来补光。

女性人像拍摄

女性人物的拍摄，如今已经非常普遍，女性的美越来越多地在各个方面呈现出来。

人物摄影以静态或动态的人物为被摄对象，着重描绘其外貌和精神面貌。每一个女性有着不同的气质、形体特征，她们身体曲线的美是表现她们自己最好的方式，可能对于某些女性来说身材不是她们最出众的，所以我们要根据不同女性的特征去寻找她们漂亮的一面来进行拍摄。例如，身材好的女性，全景、中景可以多拍一些；身材不是很好的女孩，可以采用低视角近景拍摄。

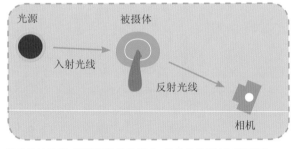

双手举过头顶，插进蓬松的头发内，将身体的形态展现出来，使女孩的身材显得更加苗条。

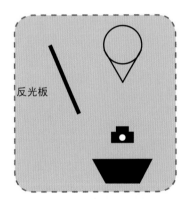

光圈：F4 焦距：75mm 快门：1/125s ISO：100

强烈的阳光照射漂亮的模特，发丝周围形成了非常耀眼的光芒。

光圈：F2 焦距：85mm 快门：1/500s ISO：100

拍摄人物特写

特写是突出地表现人物面部或其他局部，一个物品或其局部的镜头。特写镜头可以造成很强烈的视觉冲击力和清晰的视觉形象，突出主体的效果。

漂亮的车模再加上模特的表情，人物更加有魅力。

光圈：F2 焦距：135mm 快门：1/450s ISO：100

在拍摄人物特写的时候，要注意观察人物表情的变化，表情好才可能拍到漂亮的照片。以最简单的构图方式去拍摄人物，特写可以清楚地记录人物脸部的表情、神态，在拍摄时多注意人物脸部的表情变化，抓住瞬间。遇到不活泼的人物，调动拍摄对象的情绪就显得尤为重要。为了提高成功率，可以在拍摄前告诉拍摄对象，你想拍出什么感觉的照片，与他多做交流。

摄影师用了一种遮挡的手法把模特的部分脸部遮盖了，而露出的脸部表现得很精彩，给人以想象的空间。

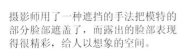

光圈：F4.5 焦距：55mm 快门：1/350s ISO：100

人物的拍摄角度

　　人物摄影的拍摄角度，通常分为正、侧、高和低4个基本角度。不同的拍摄角度，拍摄出来的照片感觉也会有所不同。比如拍摄全身像时，采用从下到上仰拍，会让人物显得高大。而从上到下的俯视拍摄，则会显得人物身材矮小，在拍摄人物照片的时候，一般不采用这样的角度拍摄，尤其是在拍摄身材矮小或者偏胖的人时。

　　从正角度拍摄正面人像，着重表现人物脸形的轮廓；拍摄正身人像，由于镜头正对身躯，便着重表现人物体形的轮廓。从侧角度拍摄人物，易于表现脸形、体形的起伏线条。人物摄影角度的正与侧，还可对脸形起到扬美避疵的作用。

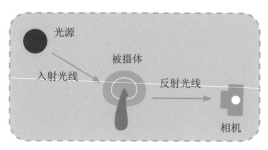

正面拍摄靠在墙上的女孩，暗色的墙壁作为背景衬托出了女孩肌肤的细嫩和柔美的气质，同时黑色给人一种神秘感，又带有一点酷酷的味道。

光圈：F2 焦距：55mm 快门：1/250s ISO：100

光圈：F3.5 焦距：135mm 快门：1/400s ISO：100

侧面拍摄体现出了人物面部和身体轮廓的优美曲线，从另一方面来表现人物的形体美。

　　高角度的俯摄，由于镜头成像近大远小的透视原理，对于正面半身人像，可以起到突出头顶、扩大额部、缩小下巴、隐掩头颈长度等作用，使人物产生脸形清瘦的成像效果；拍摄全身人像，还会使人物的成像有矮小前倾的感觉，而身后地面显著。低角度仰摄，对正面半身人像，会出现额部缩小、下巴扩大、鼻孔突出、头颈过长、脸形饱满的成像效果；而身后地平线则下降或隐掩。

光圈：F8 焦距：35mm 快门：1/400s ISO：100

以高角度俯拍坐在金黄落叶中的红衣美女，色彩对比强烈，很好地表现出她恬静中透着调皮的性格。

光圈：F4 焦距：50mm 快门：1/250s ISO：100

光圈：F8 焦距：85mm 快门：1/500s ISO：100

适当的低角度拍摄，会使人物看起来形体修长。

光圈：F2.8 焦距：35mm 快门：1/500s ISO：100

过度的低角度拍摄，会得到夸张的透视效果，人物的头部和脚步看起来差异较大，具有变形效果。

下面展示几张不同的人像照片，从而展开讲解本小节知识内容。

光圈：F2 焦距：85mm 快门：1/200s ISO：100

拍摄这张照片使用了背景与前景虚化的技术，通过虚实对比表现人物。

左、右两幅图像在同样的设置参数下拍摄。

左图人物在画面中所占比例过小，完全不能突出主体，整体色调平平，无疑不是一幅成功的作品。

右图整体色调温和淡雅，再加上人物表情若有所思，大光圈虚化背景效果明显，既突出了主体，又有不一样的构图方式，当然是佳作一幅。

光圈：F2 焦距：135mm 快门：1/500s ISO：100

迄今为止，人物一直就是摄影艺术中常拍常新的主要课题，而人物摄影成功的关键在于"形神兼备"。在现实生活中，每个人的外貌和性格特征各不相同，精神面貌更是千变万化。一幅人物照片，如果抓住了被摄对象的神态和情感，但外貌没有表现好，就经不起细看，缺乏应有的艺术表现力；反之，如果外貌酷似，而神态和情感未经刻画，则人物表现势必呆板、没有韵味。因此，人物摄影不能限于拍像，而是应当根据主题，对人物的外貌扬长避短，突出美感，以便通过外貌更好地传达和刻画出人物的精神面貌，从而使照片中的人物看起来更加真实。

　　在很多情况下，照片并不见得是越清晰越好。比如在拍摄人像时，许多女士希望照片的效果朦胧些，以掩盖面部细微的皱纹或斑痘；在拍摄风光或静物时，有时也会考虑为景物增添一些浪漫柔和的情调，或是将影像变得扑朔迷离，如梦如幻。这种让影像柔化的过程叫做柔光摄影法。

　　柔光摄影法的种类很多，既可以在拍摄时完成，也可以在后期制作时实现。本章主要介绍一些专用的柔光效果器材，以及一些简单、经济、实用的柔光拍摄方法。有兴趣的朋友不妨依照介绍的内容试一下，你将会在柔光摄影的创作过程中感受到乐趣。

柔光镜

　　在表现柔光效果的拍摄过程中，柔光镜是最传统和最普遍的专用摄影附件。柔光镜又称柔焦镜，常用于人物肖像、风光、广告和静物摄影等。柔光镜的原理非常简单，主要是在透明镜片表面或夹层中制造出微凹图纹的斑点，这些斑点会使射入镜头的光线发生漫反射，从而产生柔光效果。而镜片上漫射区域与透明区域间的比例大小，决定着柔光镜柔光效果的强弱。一般的柔光镜是无色透明的，但也有带色彩的特殊效果柔光镜。由于柔光镜对光学玻璃的品质要求并不是特别高，所以一些性价比突出的国产柔光镜是可以保证效果的。在选择柔光镜时，一定要注意滤镜的序号，一般序号越大，柔光效果越明显，如 No.2 的柔光效果要比 No.1 更加明显。

🔺 正常拍摄效果

🔺 使用柔光镜拍摄效果

🔺 正常拍摄效果

🔺 使用柔光镜拍摄效果

柔焦镜头

柔焦镜头也称柔光镜头，它可在不使用柔光镜的条件下，直接拍摄出具有柔光效果的画面，主要用于拍摄人物肖像及具有梦幻效果的风景照片。柔焦镜头的柔光原理是在透镜光路中，装有一个与主轴垂直的多孔金属片，成像光线通过这些小孔时产生扩散现象，从而使影像呈现出柔光效果。柔光效果的强弱可由光圈的大小进行控制，当光圈调至最小时，可作为正常摄影镜头使用。

柔焦镜头的拍摄方式有许多种，一般都有三段柔焦效果调节。最平常的拍摄方式是顺光拍摄。真正的柔焦镜头在逆光拍摄时亮光会有扩散效果，另外在拍摄逆光光源时光点的扩散很漂亮，尤其用于夜景的灯光拍摄，效果更强烈。因其镜头球面像差的原因，用柔焦效果时色彩表现会下降，收缩光圈无法有效改善。最能表现柔焦镜头的拍摄方式是逆光，尤其是在拍摄人物时，建议人物穿白色衣服（不要用闪光灯）。人物与景色一起拍摄时采用逆光拍摄，控制好前中后的焦点，可拍摄出梦幻的视觉效果。

⬆ 普通镜头逆光拍摄

⬆ 柔焦镜头逆光拍摄

⬆ 普通镜头拍摄白色

⬆ 柔焦镜头拍摄白色

数码的柔光模式

目前，数码相机的生产技术已经越来越成熟，相机内置的影像处理系统也越来越强大。让数码相机拥有更多的功能，是像素之外的另一竞争点。所以，在一些数码相机上看到了许多颇有趣味的场景拍摄模式，有的机型便带有柔光模式。

数码相机的柔光模式（也称软焦模式）是一种模拟柔光效果的拍摄模式。它利用数码相机内置软件的特殊算法，使影像产生散焦现象，并伴随轻微的曝光过度，使影像产生近似柔光镜般的朦胧效果。从实际拍摄效果来看，数码相机的这种模拟柔光镜可以产生理想的效果，它省却了人们依靠附件来拍摄柔光照片的过程。目前，这种带有滤镜效果的数码相机还不是很多，不过随着数码相机功能的极大丰富，相信人们依靠附件进行摄影创作的可能会越来越小。

🔺 正常模式拍摄

🔺 柔光模式拍摄

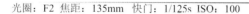
光圈：F2 焦距：135mm 快门：1/125s ISO：100

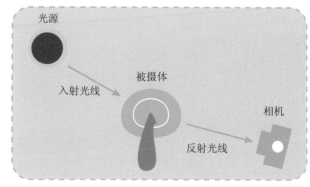

阳光从侧面照在女孩身上，使用柔光模式拍摄，整幅画面带有一种唯美的梦幻色调。女孩周身焕发淡淡光晕，与普通模式拍摄的平凡色调形成明显对比。

油脂柔光方法

　　如果想拍摄柔光效果的照片，但手中既没有柔光镜，又没有带有柔光功能的数码相机，又该怎么办呢？别着急，下面为大家介绍一种简易的柔光拍摄方法，可以利用身边现有的材料，轻易地拍摄出具有柔光效果的照片。

　　凡士林是常见的护肤用油之一，在需要制作具有柔光效果的作品时，只要用手指或棉签将凡士林涂到 UV 镜或天光镜上就可以了。因为油脂具有一定的透明性，并可以使光线产生漫射。这种柔光效果主要由所涂油脂的多少和分布状况而定，油脂越多，密度越大，柔光效果越强；反之则越弱。涂抹凡士林的方法，也是广告摄影领域中常用的柔光手段之一。

　　利用油脂柔光，有它独到的优势，比如可以把油脂涂在镜片的某一区域来柔和或虚化被摄区域中的局部物件。另外，如果需要特殊效果，也可使用彩色油脂。

　　正常拍摄背景较为杂乱

　　在 UV 镜上涂抹凡士林后拍摄，背景虚化

光圈：F2　焦距：135mm　快门：1/125s　ISO：100

光圈：F2　焦距：85mm　快门：1/125s　ISO：100

第5部分 分类摄影

小物体拍照

没有专业灯光，也并非专业摄影师，如何才能用最简单的方法拍出小物件的精彩？除了要让物件带有十足的质感之外，若能够勾起人的无限遐想，或是可以以小见大，那就更好了。

采用俯视的角度拍摄排列整齐的杯子，杯子里残留的各种颜料给画面带来了变化。

光圈：F5.6 焦距：35mm 快门：1/350s ISO：100

扭曲的胶卷在光线的照射下隐约可见画面的轮廓，犹如记录了流逝的时间。

光圈：F8 焦距：45mm 快门：1/125s ISO：100

对某物体进行简单的拍摄，能否得到逼近实物的效果呢？我们用眼睛看物体时，无论物体及其周围环境为何种状态，大多不会将其错看为其他物体，这是因为我们有两只眼睛，可看到立体的物体。而且在以彩色光对物体照射的情况下，人眼以判断颜色的普通功能也能辨认出物体的本来色彩。但是，照相机却完全不具备人眼所有的应变性，所以对物体如何照明，也就决定了该物体的本质感，因此是很重要的因素。

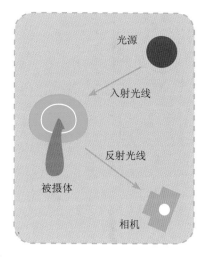

光圈：F2 焦距：35mm 快门：1/500s ISO：100

杂草丛中的几个金属器皿，在光线的照射下形成明亮的反光，几乎没有任何
细节。同时，与周围的褐色霜冻形成对比，体现一种独特的韵味。

光圈：F2 焦距：85mm 快门：1/125s ISO：100

采用大光圈模式拍摄一只普通的
贝壳，远处稍显模糊的大海代表
某些远去的记忆，眼前触手可及
的贝壳代表真实的现在。整个画
面干净整洁，以小见大，引人深思。

为了成功地拍摄静物照片，必须在画面中所用的物品之间建立某种联系，这种联系可以成为画面的主题。

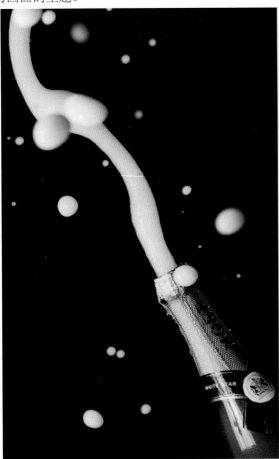

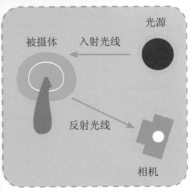

光圈：F5.6 焦距：35mm 快门：1/200s ISO：100

香槟中喷出的白色泡沫形成一条优美的曲线，与酒瓶一起构成对角线构图，周围飘散的白色泡沫在暗色背景下格外醒目。画面中没有更多的内容，却生动地表达出了热闹、喜悦的场面，非常具有感染力。

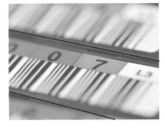

光圈：F2 焦距：35mm 快门：1/250s ISO：100

极小的景深在一个标尺上形成明显的虚实对比，丰富的影调变化和艳丽的色彩非常具有冲击力。

用于拍摄静物照片的物体应带有诸如形状、色彩、形态和质感等方面的特性。当开始注意到这些特征及其互相间内在的联系时，拍摄者的创造性视野就会得到无限的扩展。

均衡和谐

创造性的静物构图更要懂得何时才算完美。完美的构图总是讲究均衡和协调。应该把被摄体有机地组合起来，以便突出焦点，而不是减弱焦点。创作具有均衡效果的静物构图是一种本能的行为，而不是当你的视线从一个物体转向下一个物体时才认识到的。因为每个物体都应具有给另一个物体添加情趣的特性。

青色的带子，表面光滑如镜，在阳光的照射下形成了丰富的影调变化，具有强烈的立体感和层次感。

光圈：F4 焦距：45mm 快门：1/200s ISO：100

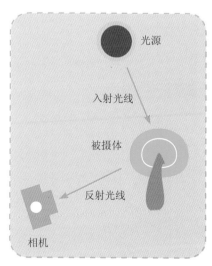

新鲜的橙子在灯光的照射下色泽明亮，光彩诱人，让人忍不住想品尝一下新榨的橙汁。

光圈：F8 焦距：35mm 快门：1/100s ISO：100

静物用光

在很大程度上，静物用光取决于画面的各个组成部分，以及在最后的照片上它们将要呈现的透明度、固态程度和色彩饱和度。一般来说，柔和的正面光照明具有一种美化形状的效果，易于展现二维空间。比较而言，侧光照明有利于突出被摄体的表面特征，但投射出的阴影也许会掩盖被摄体的表面细节。

光圈：F4 焦距：45mm 快门：1/125s ISO：100

采用中心构图拍摄一个酒瓶的上部，边缘流畅的曲线使这个简单的静物照片变得丰富起来，背景中的明暗过渡增添了画面的庄重感。

光圈：F8 焦距：35mm 快门：1/125s ISO：100

光芒像是从天而降，洒在小天使的脸庞，让她看起来更加可爱。

 TIP

（1）构图要简洁明了。

（2）不要选择任意堆放在一起的物体，要找出主宾的关系或表现的主体，剔除与主题不协调的任何细节。

（3）构图应达到使目光从一个物体引向另一个物体的要求，每一根实际或虚构的线条都要集中到主体上。这样，观赏者就会把繁杂的群像视作单一的实体。

（4）不要把主体或构图重点置于中央，不然画面会显得太松。如果主体和其他的物体混为一体，整个画面就会使人感到乏味。

（5）要大胆，可以通过动态线条、对角线条、曲线和锯齿线条等使画面产生一种富有活力的效果。

（6）充分运用阴影作为构图的组成部分，使画面更富有生命力。它们可以用来加强被摄物体的形状，以及成为吸引观众视觉或唤起感情共鸣的线条。

花卉摄影

拍摄花卉应该把握好时机，选择在花蕾含苞欲放、绽放之初或花朵盛开的阶段进行，这样才能表现出花卉生机勃勃的状态。

很多花的花期较短，所以在拍摄花卉时应该根据情况选在早晨或上午，花卉经过一夜的休眠，精神饱满、神采奕奕。花期较长的花卉，在一天中的变化不大，上午、下午都可以拍摄。

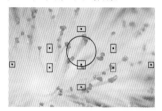

光圈：F4 焦距：100mm 快门：1/250s ISO：100

小景深拍摄花朵的局部特写，清晰的花蕊如点点繁星，晶莹剔透，熠熠生辉，而焦外成像平滑如脂，带你进入一个崭新的世界。

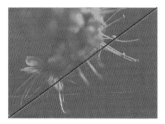

刚刚开放的花朵具有旺盛的生命力，使用虚化的方法使花朵形成深浅不一的色块，犹如遇水化开的颜料，是一种独具匠心的表达方式。

光圈：F2 焦距：100mm 快门：1/350s ISO：100

与一般自然景物拍摄不一样，略微阴暗的天色有时更能凸显花朵的形态和色彩，比起天气晴朗的日子，更容易拍摄到鲜花盛开的色泽。不过在阴天拍摄，由于光线不足，应准备好三脚架。

要想拍摄出漂亮的花卉照片，首先需要寻找花形完整的主体。如果花朵处于含苞之期，或者已经凋零，画面的美感就会大打折扣。找到合适的花朵后，需从多角度观察花朵开放的角度，看看附近景物如何做出配合进行构图。

花朵和花苞的相互衬托，展现花不同生长期的形态特征，充分表现了花的生命力和美丽姿态。

光圈：F2 焦距：135mm 快门：1/500s ISO：100

在拍摄花海时，在取景上不但要注意花群盛开的状况及角度，还要留意周围环境与拍摄主体花群的配合。可以尝试站立拍摄、蹲近花丛拍摄，甚至退到远处用远拍镜头进行构图。

以平视的角度拍摄花圃里盛开的花朵，五颜六色，缤纷夺目。将直直的花茎也取进画面，更加体现努力生长的昂扬生命力。

光圈：F2 焦距：85mm 快门：1/400s ISO：100

以仰视的角度拍摄花丛里争相开放的花朵，使花的形象突然变得高大起来。不一样的视觉，总能发现不一样的美。

焦距：85mm 光圈：F2 快门：1/400s ISO：100

花卉与背景

在拍摄花卉时，有一种简单而有效的方法，就是把单只花放在单色的背景下，这样拍出的照片会很引人入胜。在利用黑背景时，花卉要与单色背景有一定的距离，这样效果会更好一些。

拍摄单只的花朵，一般选择较为纯净的背景。如果背景较为繁杂，可以进行虚化处理，以突出主体。

光圈：F2 焦距：135mm 快门：1/200s ISO：100

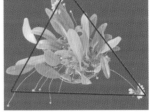

将花盆放在一张黑色的硬纸板上，以俯视的角度拍摄，得到了画面中非常纯净的背景，并很好地突出了主体。

光圈：F4 焦距：85mm 快门：1/250s ISO：200

在花卉的拍摄中，背景的选择非常重要，这直接关系到花卉摄影作品的主体表现是否突出。很多时候拍摄花朵，看在眼中是漂亮的，拍出来往往不尽如人意。

在具体的花卉拍摄中，可以使用现成的自然背景进行主题的表现，比如可以使用蓝色的天空为背景。如果花卉是白色的，由于花朵与天空的亮度反差比较大，拍出的天空会非常蓝。

拍摄角度是指拍摄时相机与被摄体两点之间的直线同水平线所构成的角度。俯拍、仰拍、偏左或偏右拍，都会形成高低左右不同的摄影角度。角度稍微变化，就会对构图产生影响。

以仰视的角度拍摄花朵，可以以天空为背景，花朵在蓝天的映衬下显得更加娇嫩美丽。

光圈：F4 焦距：85mm 快门：1/450s ISO：100

　　在拍摄时，通常在相机前加用近摄附件，以获得较大的影像。为使花朵突出，可用大光圈，使背景模糊，也可采用简洁背景。当拍摄彩色照片时，可用偏振镜压低偏光色调，以蓝天做背景；当拍摄黑白片时，多以蓝天作背景，如需灰色调，可加黄色滤光镜，如需深灰背景，可加橙色或红色滤光镜。为表现花朵的质感和花瓣层次，可利用自然光或灯光造成侧光、侧逆或逆光效果。同时，需添加辅助灯光或反光板辅助暗处亮度，缩小光比反差。

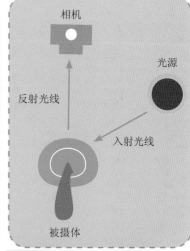

光圈：F4 焦距：85mm 快门：1/450s ISO：100

俯视的角度拍摄花朵虽然背景稍显复杂，但颜色总体呈暗灰色调，与花朵的艳丽形成鲜明对比，更加凸显花的娇艳。

质感拍摄

　　质感是视觉或触觉对不同物体形态特质的感觉。在造型艺术中则把对不同物象用不同技巧所表现的真实感称为质感。不同的物质其表面的自然特质称天然质感，如空气、水、岩石、竹木等；而经过人工处理的表现感觉则称人工质感，如砖、陶瓷、玻璃、布匹、塑胶等。不同的质感给人以软硬、虚实、滑涩、韧脆、透明与浑浊等多种感觉。

岩石细密的沟壑和分明的棱角给人强烈的沧桑感，整个画面没有任何喧闹和生机，表现出一种荒芜的神秘感。

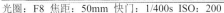
光圈：F8 焦距：50mm 快门：1/400s ISO：200

　　在摄影中，不仅小物件摄影，人物、建筑、风景摄影都需要有质感描写，其对摄影表现来说是最重要的因素之一。
　　质感纹理是表现事物特征的一个重要方面。对某些事物来说，需要明确地辨认它是什么东西。对摄影来说，充分地表现质感纹理是非常重要的。

波浪形的屋檐，斑驳的砖墙，在湛蓝的天空背景下，呈现出一种岁月雕琢后毫不掩饰的美。

光圈：F2 焦距：85mm 快门：1/250s ISO：100

不同的质感给人不同的感受。

| 金属的质感 | 水中石头的质感 | 枯叶的质感 | 风化岩层的质感 |

或新或旧的砖墙、脱落的油漆、光滑或粗糙的石头、斑驳的树干枝叶、细致柔弱的围巾、磨损的绳子、生锈或发光的金属器皿等，生活中无处不能搜寻质感的存在。

| 🔾 水的质感 | 🔾 绳子的质感 |

| 🔾 玉米的质感 | 🔾 皮革的质感 |

透明物体拍摄

透明体，顾名思义给人的是一种通透的质感表现，而且表面非常光滑。透明体大多是酒、水等液体或者是玻璃制品。由于光线能穿透透明体本身，所以一般选择逆光、侧逆光等。光质偏硬，使其产生玲珑剔透的艺术效果，体现质感。

焦距：85mm 光圈：F4 快门：1/400s ISO：200

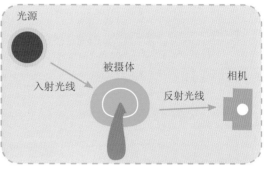

古典的酒瓶和酒杯放在平整的皮革上，光线照亮轮廓，画面整体呈现昏黄的暖色调，给人雍容华贵的感觉。

质感的表现是静物摄影的主要方面，要将其表现出来，除借助于某些道具外，关键在于用光。对于表面比较粗糙的木头和石头，拍摄时用光角度宜低，多采用侧逆光；而瓷器宜以

光圈：F2 焦距：100mm 快门：1/125s ISO：100

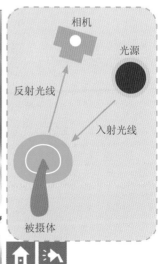

猩红的液体在晃动的酒杯中翻腾，逆光下显得迤逦多彩，充满神秘的诱惑力。

正侧光为主，同时应用柔光和折射光，在瓶口转角处保留高光，在有花纹的地方应尽量降低反光；对于皮革制品，通常用逆光、柔光，通过皮革本身的反光体现质感。

正面光由于不利于表现物体的立体感，一般多用做辅助光。侧光则立体感表现较好，也最适宜表现物体的质感，因此，静物摄影中常用侧光。

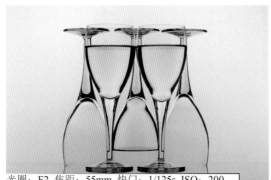

光圈：F2 焦距：55mm 快门：1/125s ISO：200

5 只高脚酒杯穿插放置，形成一幅令人迷惑的有趣画面。

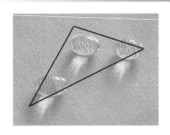

明黄色的织物上散落几颗透明的玻璃球，两者的质感互相衬托，玻璃球将织物的细节进一步放大，点点亮光使平凡的布艺绽放异样的光彩。

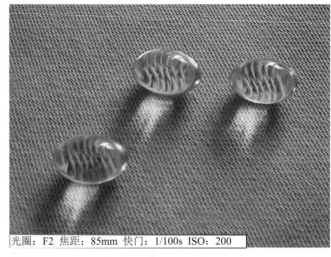

光圈：F2 焦距：85mm 快门：1/100s ISO：200

光圈：F2 焦距：135mm 快门：1/500s ISO：100

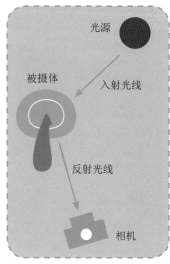

3 只高脚杯里装满黑白相间的液体，采用大光圈低角度拍摄，虚实对比，带有一丝迷人的梦幻感。

动物是摄影中必不可少的题材之一。好的摄影师也不一定能把动物拍得很好，不但要快速地抓拍动物的各种动作、姿态，而且还要非常有耐心，等待的同时增加与动物之间的亲切感。变焦镜头有时候可以很好地帮助我们进行拍摄，外拍时最好带上大变焦镜头。

白嘴巴和白耳朵的小熊猫趴在树枝上好奇地望向镜头，长长的尾巴垂下来，显得非常可爱。

光圈：F2 焦距：200mm 快门：1/400s ISO：100

 ## 动物眼神和表情的拍摄

动物都是具有灵性的，它们和人一样有着非常丰富的眼神和表情，这是拍摄动物照片需要重点刻画的地方。抓住它们的眼神，即使忽略其他地方，照片也会有不错的效果。

光圈：F2 焦距：200mm 快门：1/400s ISO：100

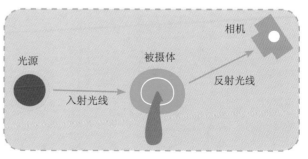

它像王者一样高高在上，俯视着自己的王国，神圣不可侵犯。又好像在沉思，怎么处理一件棘手的事情。

拍摄动物照片的要点与拍摄人物照片在很多方面都是相同的，但它们不会说话，没法与摄影师沟通，因此拍摄时速度显得尤为重要。建议使用1/250s以上的快门速度进行抓拍，抓住难能可贵的一瞬间。动物和人一样是有表情的，在人的脸上，眼睛是最能表现人的喜怒哀乐的，动物的眼神也是最能表现它们的表情的。所以在拍摄动物时，如果能够通过它们的眼睛看到一些可爱的神态，会得到很漂亮的照片。想拍到好的照片，也并不一定要远行，野生公园是一个很好的去处，里面有很多野生动物，而且比外出旅行更安全。

长焦镜头拍摄了金钱豹的面部特写，非常幸运地捕捉到了它冷峻的目光，给人威严霸气的感觉。

光圈：F2 焦距：300mm 快门：1/500s ISO：200

光圈：F2 焦距：135mm
快门：1/400s ISO：100

麋鹿歪斜着脑袋显得优雅而沉静，眼神中透出令人怜惜的目光。

光圈：F2 焦距：200mm 快门：1/500s ISO：100
猴妈妈在给迫不及待想出去玩的小猴子挠痒痒，十分温馨。

飞鸟觅食的拍摄

拍摄一张照片最关键的步骤是按动快门按钮，这不是因为按快门是"把照片拍摄下来"的动作，而是因为照片拍下来以后，就不可改变了。在未按下那决定命运的按钮之前，摄影师可以随意选择、改变、取舍、改进或纠正等。可是，一旦按下了快门按钮，就木已成舟，无论是好是坏，事后改变照片面貌的机会就很少了。所以说，时间的选择是拍摄一张照片的最重要的步骤。

光圈：F4 焦距：100mm 快门：1/500s ISO：100

水鸟长长的嘴巴啄向水面，荡起层层涟漪和朵朵水花，使用快速快门将这一情景定格下来。

想要更清晰地拍摄运动的动物，速度是关键。拍摄清晰的动态画面，1/250s 以上的快门速度是一个不错的选择。拍摄的动物不会保持各种姿势让我们去拍，所以选择快的速度会尽量避免画面模糊。

光圈：F2 焦距：300mm 快门：1/500s ISO：100

翱翔在天际的老鹰正在严肃地巡视着自己的领地，一丝风吹草动都逃不过它的双眼。

光圈：F4 焦距：200mm 快门：1/400s ISO：100

快速扇动翅膀的小鸟在画面中形成了虚影，与清晰的身躯形成虚实对比，增强了画面的动感。

扇着翅膀的飞鸟，翅膀运动得很快。在快门速度不过高的情况下，还是会有模糊的效果，这种效果可以增加动感。

猫咪的拍摄

猫是家里最常见的宠物，它们喜欢在暖和的地方睡觉。

小猫打哈欠的瞬间，有没有一点狮子大开口的感觉？

光圈：F2 焦距：55mm 快门：1/250s ISO：100

光圈：F2 焦距：55mm 快门：1/250s ISO：100

猫咪蓝色的眼睛特别漂亮，亮亮的眼神光显得更加有神，展现着它漂亮可爱的天性。

小猫都活泼好动，一刻也不停下来，拍摄猫咪玩耍的画面是非常有意思的。两只猫咪拥抱在一起，仿佛具有人的神态，更加惹人怜爱。

光圈：F4 焦距：50mm 快门：1/500s ISO：100

欢乐巨嘴鸟

运动的动物是拍摄的一个难点，此时，快门速度的设置是一个重要的环节，一般使用1/250s或是更快的速度。

4只巨嘴鸟停在木板上休憩，与身体不成比例的大嘴是它们独特的标志，黑色的背部和红白相间的腹部将它们的整体特征体现出来。

光圈：F4 焦距：135mm 快门：1/350s ISO：100

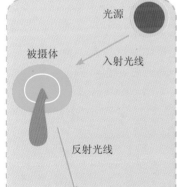

光圈：F2 焦距：50mm 快门：1/500s ISO：100

采用大光圈拍摄列队的士兵，排列整齐的巨嘴鸟正表情肃穆地盯着远处，好像是在防范入侵者。

在设置时，可以选择光圈优先模式，这样，相机就会以恒定的速度来自动设置光圈的大小；也可以选择运动模式，这样，相机会自动选择一个比较高的速度拍摄，以保证运动的物体清晰。

 纪实摄影

纪实摄影是摄影师通过摄影手段真实地介绍客观世界的事物现象，来表达他的观点和评论，使读者得到一种评价性影像的摄影方式。它多以一系列详尽的纪实影像记录下某种生活状态，传达给受众，进而影响社会。该方式强调拍摄者的主观性、摄影题材的社会意义和传播的社会效果。

百姓生活

人类的社会不光有领袖伟人，同时还有凡人百姓；不止有风云变幻，同时也有柴米油盐。这类摄影作品将目光投向最广泛的人类生活。无论是城市，还是乡村，不管是主流大众，还是边缘个体，流行前卫也好，民俗风情也罢，善良的、罪恶的、高尚的、堕落的、欢乐的、痛苦的，都被凝结成一个个精彩的瞬间，被观看，被感叹，被学习，被思考，被解析。

光圈：F8 焦距：24mm 快门：1/500s ISO：100

正在开着拖拉机翻地的人的背影是画面的主体，而一大片翻过的土地占据了画面的大部分比例，也吸引了观赏者的视线。两者相互结合，体现了当地的风土人情。

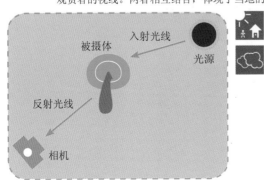

光圈：F2 焦距：50mm 快门：1/500s ISO：100

社会风景

人类社会是自然环境的一部分，人的生存活动必然有其背景环境，包括自然的环境和人工的建筑等。这一类不同于单纯的自然风光，与人的活动息息相关的风景也是纪实摄影的一个重要组成部分。摄影家对其进行的记录不仅仅是像风光摄影一样展现大自然的奇巧瑰丽，而是具有一种象征性或是揭示的过程，多侧面地表现人生。

对于、"百姓生活"、"社会风景"两个类别的评价标准，主要是从内容上有比较好的把握，或力拔千钧，或细致入微，或诚挚动人。真要分出个高低，就要注意不能流于俗套。同时，要符合摄影这一艺术领域的审美标准——能够通过形式感上的强大冲击力，带给观众更多的思考空间。

光圈：F4 焦距：85mm 快门：1/800s ISO：100

纪实摄影作品的价值主要是在文化与社会学意义上。打动人的力量来自作品内容本身，因为直接来自生活，所以往往显得"不完美"，这几乎成为纪实类作品在外貌上的特点。但是，这种不完美的外貌反而加强了真实社会的风景。

纪实摄影作品并非把形式本身作为内容，把没有思想价值的随便拍的不完美的东西都说成是纪实，显然是不对的。

木门、铁锁、对联、门神、小猫以及门框顶部一面发光的镜子，在黑白照片中显得更有朴实的意境。

老鹰在远处不停徘徊，在一根根杆子之间布满了长长的经幡，这是善良朴实的人们虔诚许下的愿望，也是一种美好的信仰。

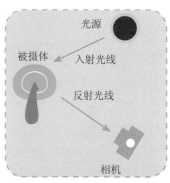

光圈：F2 焦距：50mm 快门：1/500s ISO：100

凝固就意味着速度快，拍摄人物照片需要的就是凝固瞬间，这一瞬间包含的内容非常广泛，光线、动作、神态、表情等都是一种凝固。

　　运动是相对的，运动的人物速度只要比相机的快门速度慢，就可以凝固人物的一瞬间。优美的运动姿势的凝固，必然会冲击眼球。

使用高速的快门速度将在沙滩上游戏的人们动感的瞬间定格下来，4个人动作各异，但目光都集中在一个方面，更加增强了画面的动感。

光圈：F5.6　焦距：50mm　快门：1/500s　ISO：100

被海浪打翻的瞬间，男子与滑板被相机定格，这一刻的精彩当然是肉眼所看到的景象无法比拟的。

光圈：F4　焦距：135mm　快门：1/800s　ISO：100

　　使用数码单反相机抓拍运动场景，如果不熟悉手动部分则可以先用相机自带的运动模式拍摄，然后记录所拍摄成功的数据，多次总结和研究，再利用这些数据去摸索，就能提高个人的出片率。具体拍摄时一般用连续对焦，对准物体进行连续对焦处理，这样操作后，拍摄出想要效果的成功率颇高。如果想把动态物体凝固，那就用快门优先配合光圈。建议先不要用相机的闪光，同时要用 RAW 格式记录，这样对照片还有二次修复的可能性。

数码摄影不求人——30天学会数码单反摄影 图解版

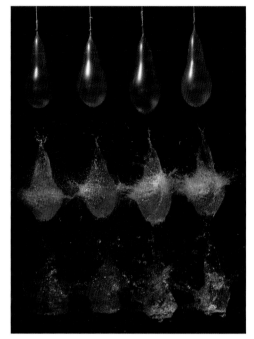

光圈：F4 焦距：85mm 快门：1/800s ISO：100

三排装水的气球分别处于不同的状态，动静相比，
更能突出气球破裂瞬间水花四溅的动感。

快门速度不够快，使正在的奔跑的人和周围的环境
都出现虚影，这种表现方式体现在画面上给人一种
眩晕感，不过对于动感却具有较强的表现力。

光圈：F8 焦距：100mm 快门：1/10s ISO：100

极速前进的火车从
眼前呼啸而过，部
分模糊的车厢让人
更真切地观察到火
车的速度非常快。

光圈：F8 焦距：85mm 快门：1/20s ISO：100

　　运动中的人物其实是很难拍的，焦点成为我们很多人的问题。虽然现在的相机能够快速对焦，
但那也只是拍摄人物运动范围较小的情况下才比较实用的。如果人物动作范围过大，而且还要
拍摄人物某部分的特征，就不太好对焦了。此时，一般选择使用手动对焦，相机对准人物的同时，
时刻保持人物在相机里是清晰的画面，然后等待时机拍摄。

黑白照片

纪实摄影从诞生开始，大多一直都是以黑白的形式展现出来，一幅幅精彩的照片直击人们的心灵深处。它不具备色彩，但依然每时每刻打动着每一个人。

光圈：F4 焦距：35mm 快门：1/100s ISO：100

没有颜色的干扰，一列列火车交汇在一起，好像回到了久远的年代，引人无限遐想。

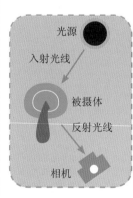

光源
入射光线
被摄体
反射光线
相机

光圈：F8 焦距：35mm 快门：1/350s ISO：100

游行表演是西方国家在重大节日里常用的方式，热闹和庄严的氛围从人们肃穆的表情，整体的步伐，以及各种古朴的乐器中表现出来。

摄影最初就是以黑白的形式诞生的。黑白摄影和彩色摄影，除了在色彩上的区别外，其思想性还是有很大差别的。黑白摄影将世间万物的颜色去掉，只留下黑、白、灰 3 种色调。尽管彩色摄影有绝对的优势，让万物呈现绚丽的颜色，然而黑白摄影在记录和表现实事方面仍然拥有它独特的艺术魅力。

第6部分 出色摄影

摄影作品和写文章一样，要有一个鲜明的主题，主题不突出，作品的意愿就不能很好地表达。下面介绍几种突出主题的方法。

靠近被摄体

在摄影作品中，主体占据足够大的面积时，观者才会被照片主体所吸引。可以先通过调节镜头的焦距来改变被摄体的距离，若仍达不到合适的效果，拍摄者就向被摄体移动，直至被摄体充满整个画面。广角的透视感，也可以夸大主体，但是要慎用，广角会发生畸变。

光圈：F2 焦距：50mm 快门：1/125s ISO：100

纯白色的背景是最能突出主体的方式，画面中除了主体腕表没有任何其他元素的干扰。

光圈：F2 焦距：50mm 快门：1/125s ISO：100

拍摄饰品类的静物采用浅色的背景，并用高调表现，可以将主体的典雅和华丽表现出来。

色彩时比

在处理主体与背景的关系时，有时候色彩的方式可以拉开主体与背景之间的关系。主体与背景色差越大，视觉效果越强。如果再加上色彩之间的亮度差异，主体就很容易凸现出来了。在色彩的对比中，有冷暖的对比、补色的对比等。在人像摄影中，如果有对比色的设计，那么必然会给欣赏者留下深刻的印象。

光圈：F4 焦距：55mm 快门：1/125s ISO：100

三只颜色各异的圆椒整齐地排列在画面中，色彩的对比在暗色的背景上非常具有视觉冲击力。只要有创意，即便是最平常的东西，也能散发出艺术的美感。

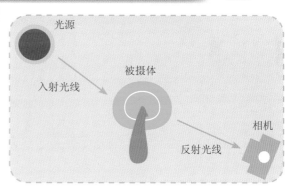

长时间的曝光把各种发光体光迹拍摄下来，太多处的反光和光迹使得分辨不出主体的心态，整个画面只有发光点的亮光和各种光迹形成的线条，但并不显得杂乱，而是形成了非常具有美感的规则几何图案。

光圈：F2 焦距：35mm 快门：1/10s ISO：100

虚实关系

使用长焦镜头和大光圈，就可以强烈地虚化背景。在人像摄影中，经常虚化背景，以突出人物。

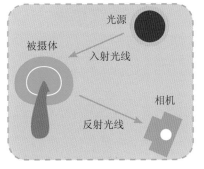

光源

被摄体　入射光线

相机

反射光线

背景中杂乱的纸条会影响到主体，虚化处理后不仅可以突出主体，而且为画面带来抽象的效果。

光圈：F2 焦距：135mm 快门：1/400s ISO：100

使用小景深将其中一个娃娃轻微虚化，形成虚实对比，突出画面的均衡与对称。

光圈：F2 焦距：85mm 快门：1/125s ISO：100

利用光线明暗

　　光线是摄影的生命，摄影中光线的运用也是极其重要的。利用光线明暗来突出主体是再好不过的一种手段，通常是亮背景衬托暗主体，暗背景衬托亮主体。

光圈：F2 焦距：65mm 快门：1/125s ISO：100

 简洁的背景

　　摄影是减法，这是摄影界的经典语句。完成一次拍摄的时候，我们要从生活中提取素材，把不需要的，以及和主体没有关系的都要删去，进入画面的元素都要有它的意义所在。如果一幅画面的背景很繁琐，即使主体再漂亮，也会被掩盖。

躺在小船上钓鱼的人悠闲自得，以大片的水面为背景并不会显得单一空洞，粼粼的波纹增添了画面的动感。同时，水面又是天然的反光镜，不用再费心为人物补光。

光圈：F4 焦距：24mm 快门：1/500s ISO：100

构图（剪裁）

　　说到构图，每一个人都会，拿起相机拍摄完成，就实现了一次构图，似乎非常简单。但是有关摄影构图的理论很多，构图并不是固定的，需要随机应变。从视觉心理学角度看，主体在画面中的位置不同，受关注的程度也不同。哪种构图最能体现主体并不能一概而论，只能利用常用的构图去变换创造。

　　剪裁可以说是第二次构图，把一些不完美的东西统统删掉，保留主要的部分，视觉的冲击力会大大增加。

光圈：F11 焦距：24mm 快门：1/800s ISO：100

一幅大场面的风景照包含多种画面元素，经过不同方式的裁剪，形成不同主体感觉的画面。

强调动感

　　运动以很多形式出现，它可以令人鼓舞振奋，也可以令人筋疲力尽，甚至是彻底崩溃。有些体育活动只是一种以度假方式逃避闹市生活的借口，而其他的运动则是让自己融入人群之中。不过，尽管运动有不同的表现形式，行动却一直是运动的关键之所在。作为大部分运动不可或缺的一部分，它的运动性和生动性使其成为理想的拍摄主题，同时也向摄影师提出了挑战。

凌空跃起的滑雪者背影被定格下来，对背景做了虚化处理，画面只有主体的背影，而人物的身体姿态使画面的动感体现出来。

光圈：F2 焦距：250mm 快门：1/800s ISO：100

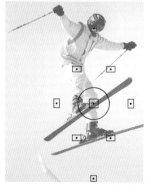

采用低角度的仰拍，凌空跃起的滑雪者犹如飞翔的小鸟，动感十足。同时，以天空为背景，使画面显得非常干净。

光圈：F2 焦距：250mm 快门：1/800s ISO：100

拍摄体育运动的关键在于预测。在开赛前，找到最合适的拍摄地点，然后根据自己的经验判断动作的演变过程，这样就能预先准备好照相机。如果熟悉比赛规则，获得良好效果的可能性会更大。

画面中人物所骑的马的身体倾斜程度达到45°，将它奋力奔跑的状态表现出来，前景处飞扬的沙石将群马奔腾的动感生动地表现了出来。

光圈：F4 焦距：65mm 快门：1/200s ISO：200

拍摄体育运动，一般使用的是长焦镜头，让动态照片在画面中呈现出较大的影像。如果镜头的焦距比较长，就需要考虑快门速度的控制，否则拍摄的图片会很虚。切记，拍摄的快门速度不要慢于镜头焦距的数值。

光圈：F2 焦距：250mm 快门：1/600s ISO：100

采用超高的快门速度，将高速行驶的赛车清晰地呈现在画面中，而其他静物都以虚影的形式呈现出来，也是表现动感的一种有效方式。

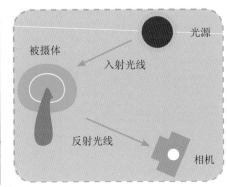

运动的人物很难对焦，此时可以选择手动对焦。当快门速度不够抓住动作的瞬间时，适当提高感光度可以增加快门速度。拍摄的位置也需要预先选择好，多次变换角度拍摄。抓住运动项目人物运动的高潮点，要不失时机地将最精彩的瞬间拍摄下来。

光圈：F2 焦距：50mm 快门：1/500s ISO：100

使用高速快门将腾空飞跃的摩托车定格下来，而整个画面只有人物和部分车身是清晰的，其余部分都以虚影的形式呈现，这样的表现方式用来表现一种速度不是太高的运动主体。

运动物体的瞬间最富动感，而又能概括运动过程的来龙去脉。要抓取这一瞬间，不但要有准确的判断，还需要熟练的技术。因此拍摄时可采用下面两种方法：首先在准备拍摄时，事先把快门钮按在即将打开的极限处，这样可保证当瞬间出现时，手一按，快门就立即打开；其次在瞬间高潮到来前，稍提前按快门，这样能保证快门全打开时，瞬间高潮的画面恰好出现。对于运动物体拍摄时快门速度，一般控制在1/60秒左右，快门速度再低有利于背景的虚化，但对清晰捕捉运动主体不利；快门速度再高对主体的表现比较有利，但会减弱背景的虚化程度。一般来说，可以根据运动主体的速度高低，在1/60秒前后调整快门速度。"

强调凝固

运动的凝固给人美的享受，视觉具有强烈的冲击力。拍摄人物如果想凝固动作，就需要更快的快门速度。

运动的瞬间是我们不常看到的一种画面，优美的运动姿势的凝固，可以强烈地冲击眼球。运动的人物题材是比较难拍的，因为拍摄运动中的人物很难对焦，这就需要多次练习拍摄运动的物体，当人物运动范围比较大的时候，可以选择手动对焦。

拍摄"凝固"性的动体照片的关键，是采用高速快门速度。一般来说，1/500秒快门速度已足以能应付大多数动体，有时1/250秒也行，但对于极快速的动体（如下坡滑行），那就不得不用更快的快门速度。当然，一般情况下使用1/2000的速度基本可以凝固拍摄中可以遇到的99%的场面。拍摄动体经常要远距离进行，因而少不了用远摄镜头。但这种镜头使用时易于抖动，所以需稳稳握住，尽可能使用三脚架固定好。

以倾斜的角度拍摄画面的不平衡感来体现动感，而摩托车相对于地面的倾斜也增强了这种动感。

光圈：F4 焦距：200mm 快门：1/450s ISO：100

光圈：F4 焦距：24mm 快门：1/500s ISO：100

两个运动员，一个正在奋力奔跑，另一个凌空跃起准备跨栏，两人以不同的姿态体现了运动的力量感。

如何用相机捕捉决定性瞬间

爱好摄影且稍微了解点摄影历史的人都知道：布勒松以"决定性瞬间"为书名出版了他的摄影作品选集。此后，"决定性瞬间"便成为欧美各国乃至世界现实主义摄影家及新闻摄影记者共同遵循的金科玉律。

选择时间的意义，就是认清一切条件成熟的时机。换句话说，就是认识照片的各个组成部分结合到一起形成一幅优美图案的时机，同时要能抓取这一瞬间。

如何做到捕捉"决定性瞬间"呢？对摄影家来说，要做到这一点，得有观察能力，要能全神贯注，要有预见。

一只火烈鸟被小狗追赶，仓皇地张开双翅逃跑，奔跑的小狗溅起高高的浪花，画面充满了戏剧性。

光圈：F4 焦距：135mm 快门：1/500s ISO：200

有观察能力，就不至于忽略那些似乎不太重要的细节，而这些细节可能促成作品，也可能破坏作品。全神贯注是为了准备就绪，等待着最有意义时刻的到来。要有预见，是因为动作往往十分迅速，当摄影家意识到"就是它"时再拍，就已经为时太晚了。

一位摄影家，无论他选用的器材多么好，技术如何高超，没有精彩瞬间的照片总是不耐看的。

光圈：F3.5 焦距：85mm 快门：1/200s ISO：100

孔雀开屏非常难得，使用长焦端将主体拉近，以孔雀的头部为中心截取部分张开的尾部。

巧妙运用前后景

　　前景和背景有时都需要取在画面里面，此时可以选择虚化前景和背景，只使被摄体有清楚的清晰度。光圈越大，镜头的焦距越长，被摄体和相机之间的距离相对越短，而且被摄体和背景或前景间的距离相对越大，主体与背景或前景之间清晰度的差别也就越大。

光圈：F4 焦距：200mm 快门：1/800s ISO：100

画面想要表现的是水鸟戏水的瞬间，在前景处溅起的水花对于表现这种动感起到了增强的作用。

　　被摄体前景和背景之间的关系，是影响画面印象的最重要的视觉因素之一。对于主体与背景重叠，有讨厌的背景抢视线，或是与主体物无关的景物等情况时，常常可以利用变焦镜头来虚化背景突出主体。为了避免一些乱七八糟的景物进入画面，影响主体效果，也可以变换视角，取景时尽量不要取在画面内。

　　前景和背景在摄影构图中是不可忽视的，它们作为一张照片的有机组成部分，能起到突出主体、增加照片空间感和深度感的作用。因此，正确地利用前景和背景，可以使照片中的景物更加和谐统一，从而更富于艺术感染力。

坐在水边花丛中嬉戏的女孩，前景的点点黄花虚化成模糊的一片，背景是隐约可见的绿树成荫，正应了一句"她在丛中笑"，整幅画面清新淡雅。

光圈：F2 焦距：45mm 快门：1/125s ISO：100

空间感表现

大光圈可以把背景或前景至于景深范围之外，使其模糊，给人视觉上的空间感。

虚化背景是突出被摄主体的常用方法，对旁边三个棋子做不同程度的虚化使主体更加突出，同时表现出画面的空间感。

光圈：F2 焦距：35mm 快门：1/200s ISO：100

善于利用画面中的线（透视法）

在拍摄照片时，要善于运用线条。每一幅画面，都应有一条主线，把周围分散的线条统一起来，形成画面的中心，把人的视觉引向主体。同时运用线条的变化，表现照片的透视效果与空间感。

透视是通过一块透明的平面去看景物时，如果将景物准确地描绘在这块平面上，就是该景物的透视图，画面中利用线条来显示物体的空间位置、轮廓和投影的光线。在拍摄道路时就会发现，两条平行的路边沿在远处却汇集一点，这就是透视的效果。拍摄人像的时候如果利用透视效果，近大远小的规则一定要记住，避免人物因为透视关系发生畸变。

光圈：F8 焦距：35mm 快门：1/125s ISO：100

镜头焦距越短，近大远小的透视关系越明确；镜头焦距越长，近大远小的透视关系越模糊。

雨天光线不足，使用慢速快门拍摄，匆忙赶路的行人以虚影的形式呈现，表现出了恶劣天气的紧张气氛。

光圈：F2 焦距：45mm 快门：1/20s ISO：100

如何使画面有深远感觉

  并不是主体延伸到远方，就表达了深度感，因为任何画面都是由长度和宽度构成的平面，画面上见到的深度感，是由于人眼的错觉所造成的。一张平面的照片，加上利用人眼的错觉，出现了三度空间，照片上就有深度的感觉，增加了画面的表现力。

弯曲的海岸线从画面的左下角延伸到画面的中心，以及岸边近大远小的路面都体现了画面的纵深感。

光圈：F11 焦距：35mm 快门：1/200s ISO：100

被摄体

光源　　入射光线　　　　　反射光线　　相机

数码摄影不求人——30天学会数码单反摄影（图解版）

想使画面有深远感，不同的景物需要不同的表现方式。例如，具有纵深的构图、透视比例、线条的引导和空气透视的折射率都可以表达深远的感觉。

（1）纵深构图是利用建筑物或景物在一条线上有规律的排放，寻找具有纵深感的角度构图来表达深远的感觉。

（2）透视比例是利用近大远小的关系表现景物。

（3）线条的引导需要选择合适的位置，让一些起直线作用的景物从接近镜头处开始，逐渐进入镜头中心向远方延伸。

（4）空气透视是一种光线通过空间发生的折射现象，空气中雾比较大的时候就是这种现象，离相机近的地方空气能见度高，远的地方能见度低，这样就把空间的关系给拉开了，而表示深远的感觉。

光圈：F22 焦距：24mm 快门：1/800s ISO：100

沙面在风的作用下形成规律的线条，由近及远地延伸，正午的阳光使远景处沙丘的不同面形成强烈的明暗对比，这些元素都生动形象地将画面的空间感和纵深体现了出来。

光圈：F16 焦距：35mm 快门：1/500s ISO：200

远处青山在雾霭中起起伏伏，近处绿树清晰可见，前后对比，展现画面的深度。

强化照片冲击力

强化照片冲击力，简而言之就是画面要突出主体，主体具有冲击力。要达到这种效果，有很多种方式：长焦镜头可以把景物主体拉近，虚化背景，使主体突出，同时可以使局部形象放大、突出；广角镜头通过其强烈的透视关系，可以把主体夸张化；不同寻常的视角拍摄，能够直观、强烈地改变影像的造型；强烈的色彩对比，也可以让画面具有冲击力。

光圈：F11 焦距：24mm 快门：1/500s ISO：100

低视角的拍摄将原本高大的建筑表现得更加夸大，也是视觉冲击的表现。

广角镜头是通过透视的变化改变主体物的透视关系，从而达到冲击力的效果。拍摄时需要离被摄对象尽量近些，透视感越强，冲击力也就越强。

改变不同的视角，可以摆脱一种常见的画面效果，让画面赋予创新。视角尽量寻找不常见的角度拍摄。色彩可以利用冷暖对比、颜色对比、互补关系等手法冲击人的眼球。

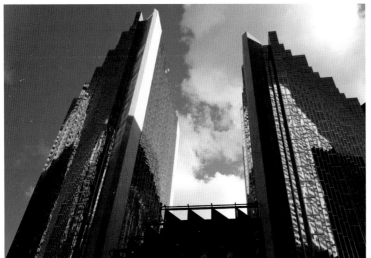

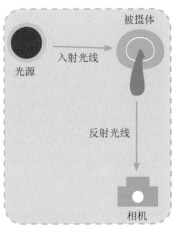

光圈：F8 焦距：24mm 快门：1/350s ISO：100

在拍摄建筑时，采用垂直角度的仰拍可以将建筑的高大和延伸感表现出来，而且对于压抑和紧张感的氛围也有较强的表现力，同时可以得到天空这样纯净的背景。

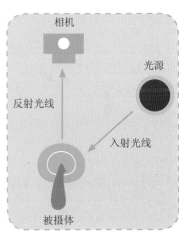

光圈：F8 焦距：35mm 快门：1/200s ISO：100

除了透视外，色彩和形状也可以表现出较强的视觉冲击力。在这幅照片中，圆形的器皿都被绘上了各种鲜艳的颜色，构成各种图像，组合在一起，使整个画面无论对视觉还是心理都具有很强的冲击力。

主体一株绿色的小草与背景龟裂的土地形成鲜明对比，同样给人很强的视觉震撼，更能引起人们的深远思考。

光圈：F4 焦距：85mm 快门：1/125s ISO：100

提高拍摄质量

如何获得尽可能完美的影像，是每一个摄影者所关心和追求的。高质量的图片往往更耐人寻味。想要拍摄高质量的图片，首先需要高质量的相机器材，这一点毋庸置疑。除了器材之外还要注意的是，准确的曝光和对焦、严格地控制景深、创造性地用光、新意的构图、使用三脚架保证相机稳定，都是我们需要做到最好的。其中的任何一个环节丢失了，都可能影响照片的质量。另外，高品质的照片最好用 RAW 格式来拍摄，这对后期的处理提供了很大便利。

拍摄质量不仅在于画面的清晰和漂亮，同时还要有触动心灵的力量。在这幅照片中，岩石在岁月的侵蚀下形成年轮般的花纹，加上石面上光滑的质感，能够引起观看者的思考。下面两幅花朵的照片通过相似的构图方式带来了不同的视觉感受，此处还需读者细细体会。

光圈：F11 焦距：50mm 快门：1/200s ISO：100

光圈：F2 焦距：35mm 快门：1/125s ISO：100

光圈：F4 焦距：85mm 快门：1/250s ISO：100

追随法拍摄照片

　　追踪法拍摄又称追随拍摄，是拍摄运动物体，尤其是横向直线运动的物体常用的技巧。由于在曝光的瞬间，运动物体相对于运动的相机是静止的，而静止的背景相对于运动的相机却是移动的，这样就使得画面上的运动物体比较清晰，而背景则是强烈的线状模糊，因而画面的冲击力和动感也格外强烈。

与骑自行车的人保持相同的速度来拍摄，将主体清晰地表现出来，而周围的静物都以虚影的形式呈现，表达了画面强烈的动感。

光圈：F2 焦距：135mm 快门：1/600s ISO：100

相机跟随人物的动态进行拍摄，人物可以呈现出较为清晰的图像，而背景却因为移动相机而产生模糊。

光圈：F2 焦距：85mm 快门：1/450s ISO：100

追随拍摄需要注意以下几点。

（1）相机要持稳。

（2）追随要平稳。

（3）在转动的过程中按快门。同时，要求在按下快门时不能停止追随，这一点是非常重要的。

（4）快门速度。追拍的快门速度宜用1/60s或1/30s。快门速度越慢，操控难度越大，但是背景的线状模糊也越强烈。

（5）离运动物体的距离。在运动物体移动速度恒定的情况下，离运动的物体越近，相机追随动体移动的速度就要越快，追随的难度和操控的难度也随之增大。

（6）对焦。如今的很多相机都有连续对焦的功能，在半按快门时，相机仍然能够精确地将焦点对焦在运动物体上。如果没有这种功能，可以采用手动对焦，但是需要预先将焦点对焦在动体必经之地，等相机追随运动物体到达预定地点开始拍摄。

（7）角度。当按快门时，相机拍摄方向与动体运动方向所形成的角度，一般以70°～90°为宜。

光圈：F4 焦距：55mm 快门：1/500s ISO：100

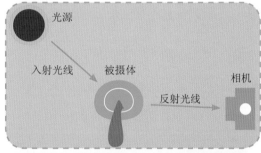

光圈：F2 焦距：45mm 快门：1/500s ISO：100

照片锐化技术

　　使用数字单反相机拍摄的图像，在锐度方面有些不足，所以，在多数情况下，要对数字图像进行不同程度的锐化，以保持图像的清晰度。下面由浅入深地介绍 Photoshop 软件中的几种锐化技术。

[原图]

光圈：F11 焦距：45mm 快门：1/250s ISO：100

这幅照片拍摄了迪士尼著名的恐怖塔旅馆，因为傍晚的光线比较柔和，使画面的整体效果偏温，显得冲击力不够，需要利用后期制作提高画面的锐度。

01 打开需要锐化的图像，因为在锐化的过程中需要观察图像细节，所以要对图像的局部进行放大。可通过快捷键〈Z〉并单击鼠标左键，或者按住〈Ctrl〉键后按〈+〉（加号）键，局部放大图像。由于此例中的图像尺寸较大，所以把显示比例控制在 50% 即可。

02 以50%的显示比例观察后，打开"滤镜"菜单中的"锐化"子菜单，可以看到"USM锐化"、"进一步锐化"、"锐化"、"锐化边缘"和"智能锐化"5个选项。本章介绍的几种快捷锐化方法都是使用的"USM锐化"选项。

03 在弹出的"USM锐化"对话框中有3个滑块。"数量"滑块决定图像中锐化量的多少；"半径"滑块决定锐化从边缘开始向外影响多少像素；"阈值"滑块决定锐化效果强弱，数值越大，效果越弱，数值越小，效果越强。在这个例子中，把"数量"设置为126%，"半径"设置为1，"阈值"设置为3，然后单击"确定"按钮，把锐化效果应用到整幅图像。

效果对比

使用前　　　　　　　　　　　　　使用后

数码摄影不求人——30天学会数码单反摄影 图解版

锐化柔和的主体

在我们拍摄的图像中，不同的被摄物需要的锐化程度有所不同。对于比较柔和的主体（如花朵、彩虹等），可以使用以下设置。USM 锐化："数量"为150%、"半径"为1、"阈值"为10。通过这些数值，可以实现很细微的锐化效果。

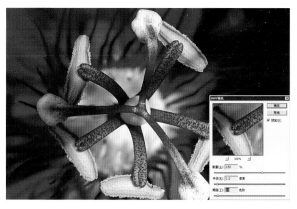

中等锐化效果

中等锐化效果适合于各种产品照片、室外照片以及风景照片，需要较明显的锐化效果时，可以使用下面这组设置。USM 锐化："数量"为120%、"半径"为1、"阈值"为3。从图像中猫的胡须，可以看到锐化效果。

人像锐化

如果锐化近景人像，可以尝试使用以下设置。USM 锐化："数量"为75%、"半径"为2、"阈值"为3。这是一组能够产生细微锐化效果的数值，这种效果不会使眼睛过于突出。

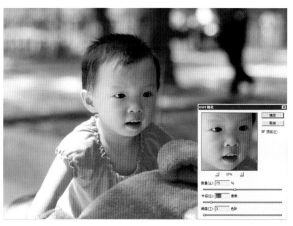

极限锐化

一般在两种情况下使用极限锐化：一种是图像严重失焦，另一种是要表现物体的清晰纹理（如岩石、金属、树木等）。USM 锐化："数量"为65%、"半径"为4、"阈值"为3，在这幅图像中锐化可以产生更多的树干细节。

使照片看起来更清晰的一种方法是，应用一次锐化后，再对某些区域进行最大限度的锐化，这种方法可以使图像看起来锐度更高。

01 打开需要锐化的图像，看到的是用微距镜头拍摄的蝴蝶，在这里想要用锐化的方式让这只蝴蝶更加清晰。打开"滤镜"菜单，在"锐化"子菜单中选择"USM 锐化"命令，弹出"USM 锐化"对话框。设置"数量"为120%、"半径"为1、"阈值"为3，然后单击"确定"按钮，让整幅照片进行第一次锐化。

02 进行完一次锐化后，通过快捷键〈Ctrl+J〉创建背景图层副本。在这个副本图层上，用快捷键〈Ctrl+F〉再次应用USM 锐化滤镜，采用完全相同的设置。其实在这里可以尝试使用两次或三次该滤镜，让画面产生最大的清晰度。但值得注意的是，除非高分辨率的图像可以应用3次，分辨率较低的图像使用3次会使图像过度锐化。

03 进入图层面板内，按住〈Alt〉键的同时单击图层面板底部的"添加图层蒙版"图标，向锐化过的图层添加黑色蒙版。此时看到，刚才锐化过的图像又恢复到了锐化前的状态。

04 按下〈B〉键或在工具箱选择画笔工具，选择一支中等尺寸的柔角画笔，把前景色设置为白色，在需要锐化的部分用画笔工具进行描绘。可以看到，通过画笔描绘过的区域又恢复了锐化效果。在"图层"面板上可以看到，在副本图层添加的黑色蒙版上用画笔描绘过的区域变成了透明的状态。